keikoのスクラップ・ブック

エッセイと物語

佐藤　啓子

ブックウェイ

表紙のイラストは、ジャズと朗読のジョイント・コンサート「煙が目にしみる in 大阪」にて朗読中の私です（2015 年 12 月 13 日　大阪市のライブハウス　Mr. Kelly’s にて）。

お客様で大阪市にお住いの橿原智子さんが描いてくださいました。

表紙・イラスト　樫原智子

まえがき

朗読の仕事をはじめたのは、二十数年前です。

そのころ開設したホームページ「keikoのスクラップブック」に、折に触れ、エッセイや物語などを載せてきました。

文章が、ずいぶん貯まりました。

生徒さんや、ファンの方、友人、知人たちは、ほとんどが熟年で、インターネット環境にない方が多いです。

そういう方たちに読んでいただきたいと思い、本にしてみました。

今まで長い間、あたたかく見守ってくださって、ありがとうございました。

佐藤啓子　(keiko)

2020年秋の良き日に

目次

1　朗読と私（朗読との出逢い）

40代の前半に、それまで勤めていた会社の成績が悪くなって地方へ移ることになり、ついていけなくて失業しました。

その頃でも、なかなかいい仕事がなくて、仕事探しは大変でした。

その最中に、安い会費で、朗読を教えてくれるサークルを見つけて、見学に行きました。

そこで、なにか読んでみなさいと言われて、森鴎外の「山椒大夫」（安寿と厨子王）の一節を読みました。

そうしたら、年配の女の先生が、目を輝かせて、「あなたは、とてもいいものを持っていますね」といってくださいました。

私は、入会し、朗読が大好きになりました。

それから、私は、朗読を続けながら、仕事探しを続けました。採用されたこともありましたが、中途採用ですと、即戦力が要求されますので、気の利かない、一度に一つのことしかできない私は、試用期間が終わって解雇されたり、また、今ならセクハラといってもいいようなことがあって、こちらからやめたりの連続で、苦労しました。

心をこめて朗読することで、現実の辛さが忘れられました。

長い間、正社員の仕事ばかり探したのですが、やっと、もう仕事はアルバイトでいいと開き直ったころです。

朗読のサークルの年一回の発表会では飽き足らず、もっと、発表の機会がほしいと思っていた私は、ある新聞記事を見つけました。

「サラリーマン文化芸術振興会」（略して「サラ文」）の紹介記事です。

仕事を持ちながら、パフォーマンスする芸を持っている人たちの集まり。

東京を中心に、数百人の会員がいる。入会すると仲間ができて、発表の場も増えると書いてありました。

すぐ入会しました。

そして、初めて例会に出席した時、若桑みどりさんという女性の美術史家の方の「虹と老人」という短いエッセイを会員の皆様の前で読みました。

会員の方々は、じっと聴いてくださいました。そして、温かく迎えて下さり、励ましてくださいました。

その会に入って、たくさんのアマ、プロ、セミプロのユニークな芸人さんたちと知り合い、いろいろな場所で朗読をするようになりました。

また、この会に入ったことがきっかけで、講談師の田辺一鶴（たなべいっかく）師匠と知り合いになり、むちゃくちゃ面白い師匠の、お仕事を手伝うようになりました。

若い方は、ご存知ないかもしれませんが、東京オリンピックのころ、「東京オリンピック」という題の新作講談で世に出て、一世を風靡なさった方です。

長い口髭と、奇抜な高座で有名でした。

師匠のところで、いろいろな意味での勉強をしました。

けれど、師匠も私も、ビジネスの才能がないので、やがて、新宿の事務所を閉じることになり、師匠の元を離れました。

師匠は、江戸川区平井の自宅に住み、今でも活動を続けていらっしゃいます。

それから、少し時間が経って、私は、一応、朗読のプロとして、一歩を踏み出しました。

朗読の指導や、司会、講演などをしています。

また、年一回、私の朗読会「keiko のスクラップブック」も開催しております。

これから、いろいろと大変だと思いますが、ぼちぼちやっていきたいと思っています。

2002年　8月

2　忘れられぬ人

ひとことも、言葉をかわすことがなかったのに、忘れることのできないある出会いのことをお話ししましょう。

あれは、もう20年以上前になるでしょうか……。

若かった私は、あるヨーロッパ・ツアーに参加していました。ポルトガル滞在三日目の、リスボンの朝です。次の国へ発つ日なのですが、前日、繁華街、ホセ・アントニオ通りで見かけた小さな壷のことが気になります。素朴ないい壷でした。荷物にならないし、値段も手頃です。なぜ買っておかなかったのかと、悔やまれて仕方がない私は、出発までの短い時間を利用して、ホテルをとび出しました。

集合の時間に遅れたら大変です。いそいで歩かなければなりません。息を切らしながら、石畳の並木道を歩きました。やっと目的の店に着き、無事、壷を手に入れることができました。

帰りも、いそぎました。そして、まだ繁華街を抜け切らないうちに、歩いている人の波が切れた瞬間、向こう側の歩道を歩いている人が、ふと、目にとまりました。その人も立ち止まって、じっとこちらをみつめました。私と同じ年頃のお嬢さんで、日本人だとすぐにわかりました。黒い髪、黒い目、小柄な体、いえ、それよりも、海外で出会ったら、日本人どうし、なんとなく相手が日本人だとぴんとくる感のようなものがあるのです。

その人は、旅行者ではないようでした。もうかなりの間、ここに滞在しているような感じです。地味なブラウスとスカートを身につけ、リスボンの質朴な街並みに、しっくりと溶け込んでいましたから。

長い間、同じ年頃の日本人女性に会っていないのではないでしょうか。パリやロンドンと違って、リスボンに来てからの三日間、私たち自身、他の日本人は、一人もみかけませんでしたから。

その人は、なつかしそうな目をして、とても話しかけたいようすでした。私も、とても、お話をききたかったのです。でも、もう時間がありません。約束の時間は近づいていました。

私の、いそいでいる様子を察したのでしょうか、その時、彼女は突然、私にむかって、深々とおじぎをしました。私も、思わず、深くおじぎを返しました。そして、後ろ髪をひかれる思いで、街角をあとにしたのです。

あの方は、どういう方だったのか、長い年月が流れ、今は知るすべもありませんが、あの出会いのことは、いつまでも私の心に残ることでしょう。

3　日曜日のグルメ

春めいて来たとは言うものの、まだ、寒さの残る、3月のある曇り空の日曜日。私は、薄日の射し込む二階の小さな部屋の窓辺で本を読みました。

「ダフニスとクロエー」、大昔のギリシアを舞台にした、牧人の少年と少女の恋の物語です。何度かの試練を経たのち、主人公のダフニスとクロエーは、結ばれ、めでたし、めでたしとなります。

終わり方も良いのですが、前半、二人が恋に目覚めるまでと、ぎこちなく愛し合う様子が、とても、心地良いのです。春から夏へかけてのギリシアの野を吹く風が頬に感じられるかのようでした。

けれど、食いしん坊の私は、お昼時が近づいてくると、彼らの、飲んだり、食べたりするシーンを読んでいて、気になって仕方がありません。羊と山羊を飼っている二人なので、野原で山羊の乳を搾り、山羊のチーズを荷物から取り出して、食べます。ぶどう酒を乳に混ぜて飲むということもしているようです。

私は、台所へ降りました。牛乳をマグカップにたっぷり注ぎ、チーズを大きく一切れ切って、パンと一緒に持って上がります。前日買った、ワインも持って上がりました。

読書を中断して、昼食です。窓を開けて、外の風を入れながら、食べました。

泡立つ、搾りたての、山羊の乳ではなく、昨日、コンビニで買った、紙パックの牛乳です。チーズも、国産のプロセスですし、ワインも国産で、ジュースのように甘いものです。窓からの風も、ギリシアの風というわけにはいきません。

けれど、私は、この食事に満足しました。

チーズと牛乳は、とても良く合うし、ワインを飲んで、ちょっぴり、体も温まりました。それに、古代ギリシアの物語を読みながら、主人公達と同じ(?)食べ物をたべるなんて、最高に贅沢なことのように思えます。日曜日の昼食は、羊飼いのメニュー。あなたも、試してご覧になったら、いかがでしょう。

4　ロンドンの人々

イギリスに行って来ました。自分の足で歩いてみて、感じたことはいろいろあります。

ここでは、ロンドンで働いている人たちについてお話ししましょう。

ロンドンは国際都市です。いろいろな国から来た人たちが、いろいろなところで働いています。フィリピンから来たウェイトレスさん。皮膚の色の黒い、スーパーの店員さん。インド人らしいバスの車掌さん。日本人によく似ている、中国人のボーイさん。それに、ヨーロッパの国々から来ている人たちもいます。

ある日、私は、ランチをとるために、一軒のイタリア料理店に入りました。観葉植物が、そこここに置いてあり、しゃれた籐のいすに、テーブルがあります。冷房こそ入っていませんが、とても暑い日の続いているロンドンでは、ほっと息のつける店でした。その店のウェイターさんのことが、印象に残りました。

イタリア人らしい黒い髪の持ち主です。年齢は、二十歳そこそこ位でしょうか。中肉中背、白いシャツに黒いズボンを身につけています。私が店に入ったのを皮切りに、次々と5~6組のお客様が入ってきて、そう広くない店は混んできました。でも、お店の人は、その青年一人です。彼の活躍が始まりました。

テーブルについた人々に、挨拶をし、注文をとり、素早く、調理場に連絡します。料理ができるまでに、ほかのお客さんの注文をとり、階下の調理場から届いた料理は、お盆にのせて、テーブルへ。ほかのお客さんのそばを通りながら、必ず、「お待たせしてすみません。」と声をかけます。順繰りに注文をとり、テーブルまで運び、食べ終えた人のところには、もうすんだか聞きに行き、お皿をかたづけると、お勘定書きを小皿にのせて、テーブルへ。支払われたお金は、勘定書きと一緒にレジまで持って行き、おつりをのせて、またテーブルに戻します。くるくると動き回り、見ていて小気味の良い働きぶりでした。

食後に注文したコーヒーは、私の好みよりちょっぴり苦かったけれど、シーフード・スパゲティーの味も良かったし、ウェイターさんのおかげで、私の心の中の〝ミシュラン〟では、このお店は、三ツ星級位になりました。この青年の若さと活きの良さが、少しでも長く続きますようにと祈ったことでした。

さまざまなところで働いているイギリスの人（だと思うのですが）た

ちも見ました。老舗の書店〝Dillons〟の店員さんたちの、自分たちの仕事に、自信と誇りを持って、きびきびと働いている様子には、好感が持てました。また、〝ハロッズ〟の書籍部の店員さんたちの、誠実な態度も気持ちよく思えました。

最後に、イギリスのウェイターさんの接客振りのことを言っておきます。少し名のある店や、風格のある店のウェイターさんたちは、実に気持ちの良い応対をします。静かで、常に微笑《ほほえみ》を浮かべ、さりげなく声をかけ、こちらの希望をのみこんで、欲求を満たしてくれます。ていねいに扱ってくれるので、まるで、貴族になったような気がすると言ったら、ちょっと大げさかもしれませんが……。

ともかく、今に残る、〝大英帝国〟の伝統の良い面を見たような気がしました。

短い旅行でしたが、表面的とは言え、いろいろなことを体験しました。何年か先には、また出かけて、イギリスが変わっているかどうか、見てこようと思っています。

（この文章は、以前、ある会社に勤めていた頃、社内報に載せたものです。）

5 私の友人、田辺一鶴

田辺一鶴《たなべいっかく》。

この名前を知っているのは、もう、かなり年配の人に限られるだろう。講談の田辺派家元。東京オリンピック開催の頃、同題の新作講談をひっさげてマスコミに登場し、型破りの言動で一世を風靡した人だ。

現在、古希を過ぎて健在。トレードマークの長いひげはすっかり白くなったが、まだまだ元気。江戸川区の自宅に住み、芸能活動を続けている。

私は、数年前、一鶴師匠の仕事を手伝ったことがある。新宿にあった小さな事務所を中心に、いろいろな仕事をした。寄席や講演会の際の鞄持ち、留守番、新聞の切り抜き、蔵書整理、カルチャーセンターの話し方教室の助手、講談大学の助手等々。

とりわけ面白かったのは、新作講談の口述ワープロだ。師匠が、集めてきた資料を頭の中で整理し、口述をはじめる。それを聴きながら、私がワープロに入力する。無味乾燥な資料が、たちまちのうちに、面白いお話に変わっていく。魔法のようだった。

師匠は、とびきり変わった人だ。事務能力がまったく無く、事務所の中は、資料や書類その他がうず高く積み重なっていた(時々私が整理するのだが、これが大仕事。なにしろ私自身も整理が苦手な方なので)。一度に一つのことしかできず、思いつくはしから行動し、前にしていたことを忘れてしまう。思い立つと、急に、行き先も告げずにとびだしていく。しょっちゅう忘れ物をする。仕事先の場所や時間だけは忘れないのが不思議な位だった。野次馬で、自宅から一軒置いた隣の家が火事になった時など、撮影するのだと言ってきかず、カメラを持って走りまわるので、おかみさんが大変困ったそうだ。

奇人と言っていいし、また、そう言われても平気な師匠なのだが、その根っこにあるのは、少年のような心だと思う。つきなみな言い方だが、永遠の少年と言えるかもしれない。

「俺はこの世に遊びに来てるんだ!」と、若い頃のインタビュー記事で発言していたが、その通り、世の中のあらゆるものに興味を持って、とびまわる。

将棋、野球などの趣味をはじめとして、古書店経営もしたし、ワープロ、パソコンも自在に操作する。印刷機を買い込んで、貴重な講談本の復刻などもする。好きな話題になると、目を輝かせて話に熱中する。また、女の人に惚れっぽく、憧れの女性《ひと》の前では頬を染めて下を向いてしまう。日頃、「俺は男だ！」と言わんばかりに威張っているくせに、困ったことが起きると、すぐ、しょげて肩を落としてしまう。そんな時、師匠を一人置いて帰らなければならない私は、師匠がかわいそうでしょうがなかった。しょげている後姿が、幼い子供のようなのだ。「がんばって！」と言いたくなった。そして、ファンがそう呼ぶように、「イッカクさーん！」と呼びかけたくなったものだった（〝友人〟にしちゃってごめんなさいね、師匠）。

6　田辺一鶴師匠の思い出

以前、新宿永谷ビルの一鶴事務所に勤めておりました、佐藤啓子と申します。

事務所では、師匠の助手として、いろいろな仕事をしましたが、今は、朗読の講師をしております。

朗読は、講談と違いまして、暗記しません。このスピーチも、原稿を読ませていただきます。

事務所に勤め始めたころ、こういうことがありました。

朝、出勤すると、師匠が、沈痛な顔で「えーさんが亡くなったよ」とおっしゃったのです。

ちょうどその頃、永六輔さんの本「大往生」がベストセラーになっていたので、私は思わず、

「えっ、永六輔さんが亡くなったんですか?!」とお答えしてしまいました。

本当は、A3のコピー用紙が残り少なくなったということなのでした。その頃、師匠は、ワープロや印刷機を買い込んで、講談のお仕事のかたわら、いろいろなことをしていらっしゃいました。将来は、印刷機を使って、貴重な講談本の復刻もなさるおつもりだったようです。

その時は、大笑いでしたが、今回は、そういうわけにはいきません。

「えっ、師匠が亡くなったんですか?!」ですね、まさしく。

師匠は、とても可愛い方でした。

ある日、お仕事に行かれる時、紫の着物をお召しになったのですが、それがとても似合うように思いましたので、「師匠は紫がお似合いですね」といいましたら、それから当分の間、紫の着物ばかり着ていらっしゃいました。

そのことをあとで、おかみさんに話しましたら、「そうなのよね～、いつかも鶴女が、師匠は黒がお似合いだといったら、それからしばらく黒ばっかり着てたのよ」ということでした。

鶴女さん、呼び捨てにしてごめんなさい！

師匠とおかみさんは、お幸せだったと思います。

雑誌のインタビュー記事で、おかみさんの若い頃のお写真を拝見して、とても綺麗で可愛いので、師匠に、そう申し上げましたら、「本当に可愛かったなあ、結婚して一年くらいの間は、どこへ連れて行くのも、うれしかったよ」とおっしゃいました。

おかみさんは、今もお綺麗ですよ、念のため。

おかみさんも、以前、師匠のいろいろなことを話してくださったあとで、「あの人と結婚して、本当に大変だったけど……でも、ああ面白かった！」とおっしゃったことがあります。

師匠は、お仕事で、たくさんの人々を愉しませられましたが、そのやんちゃ坊主のようなお人柄のユニークさと、にじみ出る可愛らしさで、私たち身近にいる者をも、とても愉しませてくださいました。そして、あっという間にあの世へ旅立ってしまわれました。

師匠、あの世でも、皆さんを愉しませてくださいね。でも、あんまりやんちゃをしないでくださいい。この世へ送り返されてきたりしたら、大騒ぎになりますからね。

（2010年2月9日、亀戸のカメリア・ホールで、田辺一鶴師匠のお別れ会が開かれました。その際、スピーチを頼まれたと仮定して、文章を書いてみました。実際には宝井馬琴先生をはじめ、そうそうたる方たちが、スピーチをなさいました。師匠は、2009年12月末に亡くなられました。80才でした。私たちはみんな、師匠はもっと長生きされるだろうと思っていましたから、ビックリしました。）

7　私のオアシス、「シャルム・ヌーボウ」

駅前のビルの狭い階段を、トントンと駆け上がり、ガラス張りのドアを開けると、どんなに寒い日も、そこは春のようにポカポカしている。美容室「シャルム・ヌーボウ」、小さな別世界だ。

『いらっしゃいませ』

ジャズ・ボーカルの流れる店内、お客様の髪をセットしながら、先生《オーナー》がにっこりと微笑む。往年の名歌手、ジョセフィン・ベイカーの若い頃を思わせる、スリムな女性だ。他のスタッフも、十代から五十代までの魅力ある女性達である。

ここに来ると、仕事の疲れも消え失せ、リラックスすることができる。

髪を洗い、整えてもらうだけではなく、心の洗濯や美容までしてもらえるお店だ。

『私、ボーイ・フレンドが出来たの』

『あら、どんな人か見たいわ、今度連れていらっしゃいよ』

『うちの子、どうも英語の成績がパッとしなくてねー』

『でも、お宅のお子さんは数学がお出来になるからいいですわ。うちの子なんて、数学に弱くて』

『ラフカディオ・ハーンがマルチニークにいた頃ね』(これは私)。

『マルチニークってあのカリブ海にある島でしょう？　私、カリブ海に憧れてるんですよ』

洒落た会話も、所帯染みた話も、むずかしい話でも、何でもO．K．どんな話題にも先生やスタッフの人たちが上手に合いの手を入れるから、話はどんどん広がって行く。お客様の一人が愉快な話をすると、スタッフはもとより、他のお客様まで一緒に大笑いになる。

女性ばかりだから何でも話せて、とても楽しい。愚痴も悪口も聞こえてこない。（スタッフの魅力にひかれてか、男性のお客様もかなりいるらしいが、私が行く時にはあまり来ていない。残念！）

ここは私にとって十年来のお店。気持ち良くおつきあいをさせてもらっている。主婦であり、小さい子供のお母さんである先生を初め、他のスタッフの人たちも生活の疲れを少しも見せない。なじみの〝老舗〟と言いたい程だが、店名の通り、いつまでも新鮮な魅力に満ちているお店だ。（〝シャルム・ヌーボウ〟とはフランス語で〝新しい魅力〟という意味。）

楽しいお喋りの間にも、スタッフの人たちは休みなく手を動かし続け、やがて、お客様それぞれの気に入ったヘアスタイルが出来上がると、みんな心がすっきりと落ち着く。ここのお店の人たちの技術はとても優れているのだ。
さて、立ち去りがたくはあるのだが、そろそろ行かねばならない。
そして
『ありがとうございました。またお待ちしておりま～す』
の声を背に、ドアを開け、私はまた日々の戦いに戻って行くのだ。

8　物語「妓王《ぎおう》」

「平家物語」に基づく

平家の威光は都を被《おお》い、平氏にあらずんば、人にあらずとまでとりざたされた頃のことである。都に一人の白拍子《しらびょうし》がいた。名を妓王という。そのみめかたちの美しさと、舞のうまさとでは、右に出る者がないと言われた。妓王が歌い踊る時には、多くの者たちが群れ集《つど》い、噂は噂を呼んで、いつしかその評判は、時の太政大臣、平清盛の耳にまで達したのである。清盛入道は、この時、天下を掌《たなごころ》の中に握り、一門の権勢は揺るぎもなく、何一つかなわぬ望みはないといった、得意の絶頂にあった。館にある時は、興のおもむくままに、どのような遊びでもできた清盛は、少々退屈していた所である。

「ほほう、舞の名手。みめうるわしく、うぐいすのような声で歌うとな。おもしろい、屋敷へつれてまいれ。」

こうして妓王は、天下人の前で舞うという、この上もない栄誉を手にする事になった。

それは、ある春の日であった。うららかな陽気に誘われて、人々の群がる都大路を、妓王は、清盛から遣わされた牛車《ぎっしゃ》に乗って、西八条の館へと向かった。妹の妓女《ぎじょ》も一緒である。

「白拍子の身では、こたびの西八条殿のお召しは大した出世。当代一流の白拍子と認められたも同じこと。ここを先途《せんど》と、力の限り舞わねばなりませぬぞ。」

母の刀自《とじ》からは、出かける前に、よく言い含められている。何と言っても、まだ十七の娘のことだ。胸は早鐘を打つようである。

「ねえさま、どうぞ、お心を軽く持って、いつものように楽しげに舞ってくださりませ。」

妹の妓女は、姉の気持ちを鎮めようと、さりげなく心を使う。御簾《みす》ごしに見える、大路をひしめきあうようにして進む人々も、心なしか、袖ひきあって、「あれが妓王じゃ。」「西八条殿のお召しじゃそうな。」と、囁き合っているかのように思われる。

もしや、とんでもないしくじりをしでかさぬであろうか。今まで、どんな時でも、そのような事は考えずに、せいいっぱい舞ってきたのに、今日、今までの何倍も力を出して舞わねばならぬ時になって、つまらぬことが気になるものだ。

妓王があれこれと心を乱している時、車は、とある庭の小柴垣《こしばがき》の側を通り掛った。

「あれ、ねえさま、かわいらしい花が。」

妓女は手を伸ばすと、庭先から、小さな花をつと手折った。牛車の薄暗がりの中に、黄色いその花は、春の息吹を運んで来てくれたようである。山吹に似た姿の、小さなその花を見ているうちに、妓王は、幼い頃聞いた歌を思い出した。

野の花は
ものおもわずに　咲き初《そ》めて
ものおもわずに　咲き匂い

そうだ、私も、太政《だじょう》の大臣《おとど》のお招きだからとて、心をはることはないのかもしれぬ。

街で、歌い踊っていた時と同じ気持ちで舞えばいいのだ。妓王は、気持ちが鎮まるのを覚えた。やがて、車は、静かに、西八条の館へと着いた。

今までに招かれた、どの貴族の館の門よりも大きな構えの、どっしりとした門をくぐり、たくさんの侍の行き来する表をとおって、ひんやりとする北向きの小部屋へ案内された。やはり、どんな立派な館でも、白拍子風情の案内される部屋といえば、このようなものかと、なれていることとはいえ、心の寒くなる思いである。しかし、鏡にむかうと、妓王の顔は、にわかに生き生きとしてくるのである。「妓女、あそこのところではね、鼓は、ぽんぽんと、軽く打っておくれね。そうしなければ、軽く舞えないのだから。」妹と打ち合わせをしながら、化粧をし、衣装を付ける。朱の水干《すいかん》が鮮やかである。軽くひとさし、鼓にあわせて舞ってみてから、妓王は、仕上げに、唇に紅をくっきりと引いた。

「妓王殿、そろそろ時刻ですぞ。」案内の老女にしたがって、長い廊下をしずしずと進む。いく曲がりもするうちに、人のさんざめきが次第に高く聞こえてきて、とある角を曲がると、にわかに、あたりが、ぱっと明るくなり、黄や紅や水色の、さまざまな衣《きぬ》の色が鮮やかに目を打つ。大勢の高貴の人々の目が一時に注がれる中を、少しも、ものおじせず、妓王は、前に進み、一段と高いところに座った、坊主頭の人の前に平伏した。「そちが、妓王とか申す、噂に高い白拍子じゃな。顔を見せい。」妓王は静かに顔を上げる。清盛の眼には、桃のような頬をした、おだやかな眼の色の美しい少女が映る。妓王の眼には、あらゆる苦労を経て、権勢並びなき地位にまで上がった男の、自信ありげな、不敵な眼の色と、きかぬ気の口元が映る。「なかなか美しい女子《じょし》じゃの。年はいくつになる。」妓王は静かに口を開く。「十七にございます。」「十七か。」入道は、物思う目付きになる。若かりし頃のことを思い出しているのでもあろうか。荒馬に乗って野を駆けていた、十七の春の頃を。この天下人のまみの中に、ふと、妓王は、何か、寂しいかげりのようなものを見たと思ったのである。気をとりなおした入道は、高らかに言い放った。「舞え、舞え、ひとさし陽気に舞ってくれ。」

妓王は舞った。春の野に咲く花のように、可憐に、あでやかに。その声は、ひばりの声にも似て、うららかで、楽しげであり、歌に合わせて、袖が、春の風に誘われるかのように翻《ひるがえ》った。いつしか、居並ぶ人々は、幼かった日の思い出の春の中へと誘われて行った。何の屈託も無く、思う存分、心ゆくまで遊びまわった春の日の野辺へと。

やがて、踊りは、潮の引くように、静かに終わっていった。人々は、ほっとため息をついて、我に返った。あちこちで、賛嘆の声が聞こえる中で、妓王は、じっと平伏していた。やがて、館の主《あるじ》のあまりの沈黙に耐えかねて、そっと顔を上げた妓王は、思いがけぬ光景にぶつかった。あの、今をときめく太政入道《だじょうのにゅうどう》が、そっと目頭をぬぐっていたのである。

「妓王、妓王。」入道は、二言目には妓王である。妓王なしでは、夜も日も明けぬと言ったところだ。今日は鷹狩りに、明日は歌合せにと、いつも、清盛は、妓王を側から離さない。

あの春の日から、すでに百日以上も過ぎている。夜、華やかに笑いさざめく人々の群れを離れて、一人、部屋にたちかえってみれば、あの日のことが、まるで夢のようである。

妓王は、清盛の館に一室をあてがわれ、侍女二人を付けられて、何不自由ない暮らしをすることになった。母刀自にも館からほど遠からぬ所に、一軒の家を賜り、妓女と二人、月々の手当で、これも不自由のない暮らしをすることになったのである。

「ありがたいことじゃ。いくら、人気があるというたところで白拍子といえば、身分も何もないただの芸人。町の者にすら、芸人風情がと、おとしめていう者もあるというに。それが今は、このような暮らし。見返してやれるというものじゃ。」母は、喜ばしげに言う。そういう母に、まめまめしく仕える妓女を見ていると、街角で、妓女の鼓にあわせて踊っていた頃が思い出されるのである。幼い頃、初めて街で舞ってはみたものの、まだ浅い春に、人出は少なく、ゆっくりと立ち止まって見てくれる者も無いままに、お鳥目は少しも手に入らず、ふるえながら、裏通りの我が家へ帰っていった日があったものだ。都で評判の白拍子となり、天下人、清盛に愛される身となった今でも、冷たい風の中を、肩を寄せて歩いたあの日のことが、ふと脳裏をよぎることがあった。

清盛は、妓王の前では、一人の弱い男であった。大勢の人の前で見せる、威厳という衣装を、肩から、はらりと落としたかのようであった。清盛は、昔を語り、果たせなかった多くの夢を語った。その夢は、天下を握る今の清盛に比べたら、あまりにも小さなものだったのだが。

「わしはの、そなたの年頃に、ちょうどそなたのようなおなごに恋した事があった。野原に座って肩を並べて話し合ったこともあったのじゃ。だが、わしの身内に野心というものが燃え上がった時、わしは、そのおなごのことは忘れてしもうた。そして、わしは、このような地位に上ったが、夜半《よわ》の寝覚《ねざめ》に、ふと思うことがあるのじゃ。あの時、あのおなごと結ばれて、平凡な一生をすごしていたらとな。天下を動かすには程遠い所にいるにしても、今日は裏切られはせぬか、明日は闇討ちに会いはせぬかと、びくびくして日を過ごすこともなかったろうに。ささやかな楽しみで満ち足りて幸せな日々をすごしていたであろうものをとのう。」

そのような清盛を、妓王はやさしくいたわった。心をこめた言葉やまなざしが、春の日ざしのように清盛の胸にしみいり、おべっかばかり聞かされている身には、それがとてもありがたく感じられたのである。清盛は、ますます妓王を愛した。

野に秋風の吹き初《そ》める頃であった。いつものように清盛が妓王を侍《はべ》らせて、酒を楽しんでいると、小者が入ってきて告げた。「只今、都で評判だとか申す仏《ほとけ》という白拍子が参りまして、御前で一さし舞いたいと申しております。いかがいたしましょう。」「何。」みるみるうちに、清盛の額に青筋が浮いた。「わしに妓王という者がおるのを知っての上でそのようなことを申すのか。舞いならいつでも、この妓王が見せてくれるわ。追い返せ、そのような者。」怒りを爆発させると、清盛は荒々しく座を立とうとした。「お待ち下されませ。」妓王は、やさしく清盛を押し止《とど》めると、小者に聞いた。「その仏とか申す者、年齢《とし》は幾つぐらいなのですか。」「はい、見たところ、十五、六でもありましょうか。なかなかきかぬ気の娘と見受けました。」妓王の目に、妹の妓女の顔が浮かぶ。「ねえさま、寒いよう。」と、震えながら、しっかり姉の袖にぶらさがっている幼い日の妓女である。「殿様、その者、お召しになってはいかがでございましょう。芸人が御前で芸をお見せしたいと申してくるのは常の事でございます。さすれば、その中に白拍子がいたとて不思議はございません。まして、聞きますれば、その者はまだ年齢も若いとか。勝気な娘のようでございますもの。追い返しましては、どのように恥ずかしい、情けない思いをいたしますことか。私も元はと言えば白拍子でございます。他人事《ひとごと》とは思えませぬ。どうか、その者を、御前にお呼びなされて下さいませ。」日頃、愛《いと》しく思っている女に、このように言われては、清盛とて腹を立てる訳にいかぬ。このようにして、仏は、清盛と対面することになった。

肌寒い夜である。庭先に、明かりがこうこうと、ともされた中に、仏は、静かに座って、清盛を待っていた。やがて、清盛は、妓王を後ろに従えて、足音も荒く、縁先に出て来た。庭に控えている娘を一目見ると、清盛は荒々しく口を開いた。「そちが仏か。わしは、舞など見とうはないのじゃが、妓王がたってと申すので、お前を呼んだのじゃ。それでは、何か舞って見せてくれ。」ろくろく、娘の顔も見ずに、こう言い放つと、ぽんと、腰を落とした。仏と名乗る娘は、きらりと目を光らせると、静かに舞い始めた。初めは、なにやら得体の知れぬ舞であった。白拍子は、ゆるやかに体をくねらせる。やがて、聴きなれぬ笛の音が、どこからともなくしてくると、踊りは急に激しくなり、踊り子の手も足も、五体がめまぐるしく、動き始めた。秋の夜の虫のすだく庭先は、一瞬、陽光に照らし出され、草花の乱舞する真夏の庭になりかわった。並み居る人々は、声もなく、息をのんで踊りを見つめるのみである。やがて、猛《たけ》り狂うつむじ風が、あっという間に通り過ぎるように、舞は一瞬にして終わった。しばらくは、満座に声もなかったが、やがて感嘆の声が、方々から発せられた。妓王は、ふと、我にかえって、清盛の顔を見た。そして、そこに見出したものに驚いた。清盛の目は、らんらんと光り輝き、頬は紅潮していたのである。それは、いつも妓王が目にしている清盛ではなかった。

やがて、清盛は、飛び上がるようにして、言ったのである。「仏、明日もそなたの舞を見せてはくれぬか。」

妓王は清盛を待っていた。ここ数日、清盛は妓王のもとへ足を運ばず、呼び出しの使いも来なかったのである。秋の深まった今日この頃、妓王の胸にも秋風が吹き始めていた。あの仏という娘の舞を見終わった瞬間から、妓王は、清盛の心が自分から離れていくのを感じた。もともと清盛は、暖かくやさしい人の手にいたわられる傷ついた鷲のような存在だったのだ。鷲は傷が癒えれば、人の手を離れて、大空へ飛び上がるものである。しかし、そうわかってはいても、妓王には割り切れぬものがあった。妓王は清盛を愛しはじめていたのである。

初めは、安楽な生活や、母と妹の暮らしの安定を思って受けた清盛の愛であったが、人には見せぬ、やさしい、弱々しい面を、妓王にだけ見せて、母鳥に羽すりよせるひなどりのような清盛を見るにつけ、いつしか母性的なともいえる愛情を、妓王は清盛に注ぎ始めていたのである。しかし、それも、仏の出現で、粉々に砕け散ってしまう運命にあった。せめて最後にもう一度《ひとたび》、清盛の顔を見たいと願う妓王であった。

清盛はやって来た。ある夕方、威勢の良い足音がしたかと思うと、ぬっと姿をあらわしたのだ。これまでの訪れとはまるで違うあらわれ方であった。清盛は、床に、どっかと腰をおろすと、ためらいもなく言った。「妓王、そなたには、充分手当てをつかわすから、明日、この屋敷を出てくれぬか。」やはり、思っていた通りの言葉であった。清盛は続ける。「これまでのこと、本当に有り難いと思っている。そなたは、権勢にうみ、疲れ果てていたこのわしを、やさしくいたわってくれた。おかげでわしは、ひさしく感じたことのない、人の心のやさしさを、心ゆくまで味わうことができた。ところが、こたび仏があらわれて、わしの心は変わったのじゃ。仏は、力と情熱そのものじゃ。わしは、そなたがあらわれて以来、忘れていた、昔のわしの、燃える心を思い出した。わしには、新しい野心ができた。この上の望みなどない、行き着くところまで来てしもうたと思っていた、このわしにだ。それは、そなたにも言うことのできぬ望みだ。大それたことかもしれぬ。わしも、年老いたからのう。しかし、仏を見ていると、わしは、あの頃の力が全身に戻ってくるのを感じる。わしは、再び若者に戻ったような気持ちになるのじゃ。のう、妓王、わしは、この野心をなんとしても果たすつもりじゃ。そのためには、仏がいる。おなごの力などと、世間の者は侮るかもしれぬが、わしにとっては力の溢れ出てくる泉のようなものなのじゃ。」

ここでしばらく口をつぐんで、再び語りはじめる。

「それにつけても妓王、そなたのことじゃが、わしは、そなたを見る度に、心がやさしくなるのを感じる。やさしい心では、このたびの志を果たすことはできぬ。今のわしには、仏は必要じゃが、妓王、そちはいらぬのじゃ。」

清盛の立ち去った後、妓王は虚ろな心で座り込んでいた。

やがて、我に返ると、庭にすだく虫の音が、一際高まっている。夜も更けたのである。

月はこうこうと、あたりを照らしている。不思議に、深い悲しみは湧いて来なかった。

もともと身分のないものが、不相応な幸せであったのだ。これで良いのだ。

静かな気持ちで、妓王は、その夜、西八条の館を出た。

都の西のはずれ、嵯峨野のかたほとりに、小さな庵があった。いつの頃からか、そこに、三人の尼が、住み着くようになった。手作りの品と引き替えに、近くの農家に時折、食べ物を貰いに来るだけで、あとは外へもあまり出ずに、ひっそりと暮らしている。

それが、妓王、妓女の姉妹に、母の刀自なのであった。女たちも初めは、都を離れたわび住まいで、なれぬことも多かったが、やがて、日が経つうちに、かえって、静かなここの暮らしに、安らぎを見出すようになっていた。母でこそ、はじめのうちは、清盛を恨み、「えらいお方は、心が変わりやすいものじゃ。妓王は、おもちゃにされたようなものじゃの。」

と、愚痴をこぼしていたものの、それもいつか静まり、三人は念仏を唱え、手仕事をして、けんか一つせず、暮らしていたのである。

清盛の噂は、このようなひなびた所まで、伝わってきた。

あれから清盛は、仏を寵愛して、ますます奢りたかぶり、上《かみ》をもおそれぬ所行が多いとのことである。翌年の春には、平氏への謀反のかどで、近江中将《おうみのちゅうじょう》成正《なりまさ》を初めとする、おびただしい人々が、ある者は斬罪に処せられ、また、ある者は、遠い離れ小島に流されたそうである。

それから数年の間は、平氏の勢いは、天にも届かんばかりであった。

巷には、入道殿は、主上になりたいと申されたそうなと、ささやく者が現れ、眉をひそめる人が多かった。

しかし、妓王は、そのような噂を知ってか知らでか、すっかり行いすました尼となり、白拍子として、天下の人々の眼や耳を楽しませていた昔があろうなどとは、とても思えぬ程になった。清盛とのことも、今は、思い出となって、胸の奥の方に、眠っているのみである。

妓女も、花のような乙女盛りを、墨染めの衣に包み、母に仕えて、念仏三昧の暮らしである。

母の刀自は、今はすっかり年老いていたが、気丈さは、昔のままである。四季折々の草花や、小鳥の姿に眼を驚かせ、夏の宵は、星空を見上げて、物語などをし、三人は、さびしいながらも、楽しく、肩を寄せ合って暮らしていた。

ある年の春、清盛の身に変異が起こった。宵から少し風邪をひいたような心持だったのが、翌日から、すさまじい熱を発したのである。どのように手を尽くしてみても、熱は下がらず、医師にも、なすすべが無かった。一族のものは、ただ、嘆き悲しむばかりである。

それから三日して、清盛は息をひきとった。苦しんだ挙句であったという。

妓王は、その知らせを聞いた時、さすがに心が騒いだが、なにもかも過ぎ去った昔のことであるのだと、つとめて心に言い聞かせ、気持ちを鎮めた。

それから数日後、笹の葉が、春風にさやさやとそよぐ日暮れ時。かけいの水の音をききながら、三人が静かに座している時であった。表の戸をとんとんとたたく音がする。

はて、このような時刻に。訪れる者もない筈だがと不思議に思い、三人は顔を見合わせた。

「はい、どなた様でござりまするな。」刀自は、気丈に声を出した。怪しいものではあるまいかと、娘達をかばうそぶりをする。

「都よりまいった者でございます。どうか開けてくださいませ。」まだ若い女の声である。

「都より?」

風流な都人が、この辺りを散策しているうちに道に迷い、日は暮れてくるし、困っているのでもあろうかと思いやって、妓王は、そっと戸を開けた。

妓女のさしだす灯《あか》りのもとで、頼りなげに、若い女が立っていた。妓女と同じ年頃でもあろうか。粗末な被衣《かつぎ》を被《かぶ》り、顔には化粧のあとも無い。

「一晩の宿をお願いいたします。疲れ果てております。」女は、へたへたと、その場にしゃがみこんでしまった。

「おうおう、これはまあ。さ、妓女、中へお入れして、湯などさし上げなさい。」

刀自の指図のままに、妓女は、女を中にやさしく引き入れて、戸を閉めた。

女は湯を飲んで一息つくと、大きな眼を潤ませて、礼を述べた。

「思いもかけぬ出来事で、都を追われてまいりました。どうか哀れと思し召して、せめて一夜なりと、泊めてくださりませ。」

老いた刀自は、すっかり同情して眼に涙を浮かべて女を見つめている。

妓王は、女の顔を、こうして灯りのもとでよく見てみると、ふと、どこやらで会ったような気がしてきた。はて、どこで会ったのであろう。都から来たと言っていたが。


女はその晩、ぐっすりと寝《やす》んだようである。寝返りの音一つ、次の間からは、聞こえてこなかった。

翌朝、まだあけやらぬうちに、妓王が起き出して、朝餉《あさげ》の仕度をしているとき、女が起きてきた。

「おお、気持ちの良い朝ですこと。このような朝は、本当に久し振りです。」

昨夜とはうってかわった歯切れの良い調子である。朝の空気を吸い込んで、頬には赤みがさし、眼がいきいきと輝いている。

その顔を見た時、妓王は思い出したのである。あの秋の夜、こうこうと燃える灯りのもとに見た顔を。

「仏、仏殿ではありませぬか。」

女は、はっとして妓王を見た。その眼が大きく見開かれる。

「そなたは。」

妓王の胸は、ここ何年もなかった程、打ち騒いだ。一瞬、妓王をこよなく愛してくれていた頃の清盛の顔が胸に去来して、息苦しくなった程であった。

やがて、仏は、せきを切ったように語りはじめた。

「清盛様は、私を愛してくださいました。私は、わがまま一杯にふるまいました。清盛様の頬を打ったこともあります。けれども、清盛様は、笑っておいでででした。次第にお忙しくなり、私に会う時間は、少なくなられましたが、おいでの時はいつも、生気に満ち溢れたお顔をしておいでででした。私は楽しかった。天下に采配をふるうお方に、この上もなく愛され、何もかも、したいほうだいでした。けれども段々に清盛様の眼は、異様な程、熱っぽくなってまいりました。おしまいには、私には見向きもされなくなり、何かに熱中されておいでのようでした。それが何なのかは、私風情にはお打ち明けになりません。

ところがある夜、風邪気味だと言って、床に伏されてから、どっと寝付いてしまわれました。一族の方々がお集まりになられ、私など殿様のお側には、近寄らせて貰えません。屋敷のすみに追いやられてしまいました。
二、三日たってから、館の中がにわかに騒がしくなり、馬の足音が、ひっきりなしに出たり入ったりいたします。もしやと、騒ぐ胸を押さえておりますと、その宵のことでございます。清盛様の北の方、二位殿が、突然おこしになりました。私はびっくりして、その場に平伏いたしました。北の方ともあろうお方が、このようないやしい側女《そばめ》の部屋に入って来られようとは、全く予期していなかったことでございました。
二位殿は、静かに言い放たれました。

「清盛は、ただいま、息をひきとりました。」

私は、かくあろうとは思っていたことでございますが、さすがに、あっと息をのみ、声も出ません。

「生きておりました間は、そなたにも世話になりましたな。礼を申しますよ。」

二位殿は、自分をじっと押さえておられるご様子でした。

「私も、あの方とは、若い頃から苦労を共にし、あの方のご出世のためなら、どのようなことをも厭わず、働きました。あのお方の胸に志の炎が燃えるように、ひたすら、自らの心を燃やしたのです。でも、私は、年をとってしまい、昔の情熱はうすれてしまいました。あの方も年をとられました。そこにあらわれたのが、そなたです。そなたは、あの方の胸の余燼《よじん》に火をつけたのです。そして、ごらん、あの方の火は燃え過ぎてしまった。狂ったように燃えて、あらぬ望みを抱き、とうとう、我とわが身を燃やしてしまわれたのじゃ。」二位殿は、しばらく口をつぐみ、やっと又、口を開かれました。

「そなたを恨んでも、せんないことかもしれない。あのお方は、生涯、なにかを追い求めていなければ、生きていられなかったのでしょう。妓王がおりました頃は、お心もやさしくおなりで、もうこのまま年老いてしまわれるのかと思っておりましたのに。ああ、恨むまいとしても、どうしても恨まずにはいられない。そなたの顔、もはや見てはいられぬ。ああ、どうか、出て行っておくれ。はよう、はよう。」

二位殿は、突っ伏してしまわれました。肩をふるわせておられます。

私は、その場にいたたまれなくなって、庭へとびだしました。

私の胸にも去来するものがございます。私は、清盛様に、私の生涯で花ともいうべき時期を捧げました。若い心のおもむくままに、日々を過ごして、気がついた時には、私の心の炎も消えていたのでございます。

私の花の時代は、清盛様と共に終ったのだ。そう思いました。私は、しののめの薄明かりの中を、あてどなくさまよい出ました。気が付いたら、ここにいたのでございます。あなた様を追い出したも同然の私でございますが、どうか哀れと思し召してくださいませ。」仏は、身を震わせると、竹藪の中へ駆け入ろうとした。妓王は走り寄って、仏の肩を抱いて押しとどめると、静かに歌いだした。

「野の花は
ものおもわずに　咲き初《そ》めて
ものおもわずに　咲き匂い
ものおもわずに　散りて行く」

それは、白拍子として、都にいた頃と少しも変わらぬ、澄んだ美しい声であった。

「仏殿、私たちも、野の花として、ここで共に咲き、共に散っていきましょう。」

仏は静かに泣き崩れた。

こうして、嵯峨の里に、四人の尼は、静かな日々を過ごすようになった。

それからしばらく後、平家一門は、西海《さいかい》の波に散ったという。

完

9 The Gentle Rain（優しい雨）

街を歩いていると、ふと音楽が耳に入って来ました。外国人の女性歌手が、囁きかけるように歌っています。その歌の優しさと哀しみが胸に迫りました。

以前に聴いた記憶があります。

帰宅して、手持ちのＣＤをチェックしましたら、ありました。何年も前にキオスクで購入した、「ボサノヴァ名曲集」の中に入っていました。題は、「ジェントル・レイン」、歌手は、アストラッド・ジルベルトです。聴いてみました。

寄る辺のない私たちふたりは　寄りそいながら　行くあてもなく
この世の尽きるまで歩きつづける
私のほほをぬらす君の涙は　優しい雨のようだ

胸をかきむしられるような切ない音楽に乗せて淡々と歌われています。

優しさや哀しみが胸に染み入ってきます。今までご縁のあった方たちの優しさを思い出して、涙があふれました。

以前、このCDをはじめて聴いたときは、この歌は、私に、それほど深い印象を残しませんでした。

あれから何年も経ち、その間に、私に優しかった方たちが、次々と旅立ってゆかれました。もしかすると、この歌の本当の良さは、いくつもの悲しみを経て、大人になった人にしか、分からないのではないかと思いました。

朗読もこの歌と同じです。淡々と読まれているのに、優しさや哀しみが、胸に染み入る。そして涙を誘われる。大人にしか、本当の良さが分からない……。

私も、そんな朗読が出来るようになりたいと思います。

10　黄昏から夜へ　横浜・パリ・京都

高校生の頃、横浜に住んでいた。小高い丘の中腹に家があり、私の部屋の窓からの眺めは、なかなか良かった。東京タワーも遠くに見えた。当時、まだ元気だった父方の祖母が一緒に住んでいて、食事の支度は、祖母と母が二人でしていた。夕食の仕度は、手伝わなくてよかった。休日など、夕方、まだ明るいうちに窓辺に座り、暮れていく窓の外を、ぼんやりと眺めていた。少しずつ闇があたりを覆っていく。ぽつり、ぽつりと灯りがともりだす。まるで、ともる瞬間に、ちりん、ちりんと、小さな、綺麗な音がするような気がした。やがて、すっかり暗くなると、さまざまな色の灯りが、闇を飾った。

20代の頃、初めて、ヨーロッパへ行った。一人では不安なので、団体旅行に参加した。中年の姉妹と親しくなった。一緒に学習塾を経営しているという二人は、海外旅行のベテランだった。パリに着いた日の夜、オプショナル・ツアーで、シャンソニエに行くつもりだったのだが、彼女たちに、「もっと面白いところがあるわよ。行きましょ。」と誘われた。どこへ行くのだろうと思いながら、ついて行くと、エッフェル塔だった。展望台まで上がった。もう夜だったが、夏のパリは、まだ明るかった。〝アンヴァリッド〟(廃兵院)を足元に見下ろす屋外の展望台で、私たちは、何時間も、目の前に広がるパリを眺めていた。闇が、すっかり、街を覆いつくし、無数の灯りが、きらめくようになるまで。

会社に勤めていた頃、秋の連休に、京都へ一人旅をした。パリでの経験が忘れられず、京都に当時あった、高層ホテルの上の、回転する展望レストランに行った。夕方、まだ早い時刻に店に入り、オードブル一皿とカクテルを一杯注文して、窓の外を眺めた。黄昏から夜まで、古都の眺めを楽しんだ。少しずつ、なめるようにして味わうカクテルのせいで、陶然とした気分になった。レストランと共に、私の酔いも回った。

黄昏から夜に移り変って行く、三つの都市の眺めを堪能することができた。

やがて私にも人生の黄昏時が訪れる。自分の人生の黄昏から夜までを、じっくりと味わい、楽しむことが出来たら、と思う。

11　春うらら　国立の午後

ある日の午後、桜が散り始めた国立を散策しました。

満開の頃のような人出はなく、のんびりと眠っているような、でも少しは、人が歩いている、といった、理想的な日でした。

日差しは少しきついのですが、うららかな風が吹いていていて、暑さは、それほど気になりません。

一橋大学を通り過ぎ、桜の並木に沿ってずっと進み、途中の老舗らしきお蕎麦屋さんで、遅めの昼食をとりました。

お蕎麦屋さんを出て、さらに歩きますと、左手にブティックやアンティークのお店などが数軒並んでいます。

一軒のブティックで、ワゴンに入った、セール品の中から、春色のスカーフを数枚買いました。

和服の古着屋さんも、ありました。

半襟や紐は、何かに使えそうです。

ストールは、ビロード（これは漢字で書きたいのですが、出てきません）のようです。

刺繍が面白いです。

昔着物はいいですね。

洒落たレストランもありました。
機会があったら、友人と来てみたいです。

桜茶の屋台も出ていました。
一年に一回、この季節だけしか、店を出さないそうです。
桜湯とはまた違って、葉っぱだけで作るとのこと。
一杯百円ということで、飲んでみました。
桜餅の香りがしました。

うららかな春風に吹かれて、花吹雪の中を歩くと、夢を見ているようです。
年に、そう何度もない、心地よい日です。

人生の暮れ方になって、このような日のことを、ふと思い出すことも、
あるのでしょうか。

12 〝拝啓〟の啓子さん

私の名前は〝啓子〟といいます。

電話で、資料などを送ってもらうように頼む際、「拝啓の啓です」といくら説明しても、若い人には分かってもらえません。

「分かりました」という答えがあっても、送ってくる封筒の宛名は、たいていの場合、敬子様、とか恵子様となっています。

今の若者たちは、めったに手紙を書かないでしょうから、仕方ありませんけれど。

この〝拝啓〟の啓子という名前は、ある時期に生まれた方に、とても多いと聞きます。

たしかに、そうではないかと思います。

知人にも同じ名前の人が数人います。

その理由は、といいますと、もうずっと前に、朝日新聞の天声人語の欄に書いてあったように記憶しているのですが……。

「暖流」という小説があります（岸田國士作）。

昔、それが映画化された時、「啓子さん」という名前のヒロインを、若き日の高峰三枝子さんが演じられました。

その「啓子さん」が、なんとも素敵だったそうで、映画を観た少年たちが、みな「啓子さん」に憧れ、大人になって結婚し、女の子が生まれた時、将来、素敵な女性になるようにとの願いをこめて、「啓子」と名づける例が続出したということです。

なるほど、と思いました。

私の場合もそうなのかと思って、父に尋ねましたところ、そうではない、という答えが返ってきました。

〝啓〟という字には、〝ひらく〟という意味があるそうです。

将来、自分の道を自分で切り開いて行くようになってほしい、という願いをこめて、「啓子」と名づけたそうです。

そのとおり、自分の道を自分で切り開いていくような運命になってしまいました。

時々、これでよかったのかな?と思いますが、これまでのところでは、なかなか波乱に満ちた、面白い人生だった、ようにも思えます。

13　だいじょうぶ　だいじょうぶ

幼い男の子は、いろいろなことに、生まれて初めて出会い、おびえます。

そのたびに、おじいちゃんが、「だいじょうぶ　だいじょうぶ」と、なだめてくれます。

おじいちゃんに見守られながら、男の子の世界は広がって行き、少しずつ成長していきました。

そして、やがて、今度は、男の子が……。

おじいちゃんや、お孫さんがいる方はもちろん、いない方も、この絵本には心を動かされるでしょう。
ソフトなあたたかい絵も魅力です。

私は、この絵本を、読み聞かせの指導の際、よく、教材に選びます。

「だいじょうぶ　だいじょうぶ」　大型版
いとう　ひろし　作・絵
講談社　1300円

絵本は、子供だけのものではありません。
絵本は、黙読しても楽しいですが、他の方の読み聞かせを聞いても、
自分で読み聞かせをしても楽しいですよ。

心をのびのびと遊ばせられる絵本、しんみりした気持になり、涙を流してしまう絵本、まるで、自分のことが書いてあるようで、ひきこまれてしまう絵本、など、いろいろな絵本があります。

思いっきり、笑ったり、泣いたりすれば、心にも体にもいいのではないかと思います。

この絵本「だいじょうぶ　だいじょうぶ」を、私は、今年、父の日に、私の父にプレゼントしました。

また、父をよき理解者として慕っている甥（もう大人です）にも、誕生日にプレゼントしました。

「だいじょうぶ　だいじょうぶ」の主人公の、おじいちゃんと、孫の幼い男の子が、まるで、父と、小さい頃の甥のように思われたからです。

14　碧い眼の朗読ファン

私は、日本語で朗読しますので、日本語の分からない方には、理解していただけません。いろいろな場所で朗読しますから、聴き手の中に外国の方がいらっしゃる場合もあり、その点、残念に思っていました。

以前、尺八演奏家の方から依頼されて、ナレーションを勤めたことがあります。そのご縁で、尺八を愛好する方たちの集まりに、時々、顔を出すようになり、いろいろな方と知り合いになりました。ここでは、皆様が尺八を演奏なさる合間に、朗読を聴いていただくことがあります。尺八は、今や、国際的です。このグループのメンバーにも、外国籍の尺八愛好家がいらっしゃいますし、中に、日本語ができる方も、あります。

例えば、フランスの会社の社員で、日本に、数年間滞在しているという方は、フランスで日本の武術と出会い、日本に来られてから、尺八と出会ったそうですが、かなり、日本語がお出来になります。また、礼儀正しくて、なかなかの紳士です。

ある日、私は、「ベタの足あと」というお話を、皆様の前で読みました。これは、ある方が、少年時代に飼っていた愛犬の思い出を書かれた文章です。朗読が終ったあと、そのフランスの方は、私のそばへ来られて、「とても、いいお話ですね、その本を買って読みたいと思います。」とおっしゃいました。感激しました。この方は、日本で、いろいろなものを手に入れられたそうですが、一番の収穫は、チャーミングな、可愛い、日本人の奥様だと思います。

もう一人、こちらは、イギリスの青年です。尺八を学ぶために来日され、働きながら、勉強なさっています。演奏している時のお顔が、ちょっと、ジョン・レノンに似ているかな?と思える、優しい方です。サリー州のご出身だそうで、初対面の時、サリーに行ったことのある私と、話がはずみました。日本にいらして、もう数年になるのに、日本語を勉強しようとしない、と、皆様から責められていましたが、最近、やっと本気で、勉強を始められたようです。先日、この集まりで、サリーに近いサセックスを舞台にしたイギリスの童話の一節(エリナー・ファージョン作「エルシー・ピドック夢でなわ跳びをする」)を、読みましたところ、終ったあとで、その方が「面白かったです。全部はわからなかったけれど」と言ってくださったので、とても、うれしく思いました。

地球は、狭くなりました。これから、日本語の朗読を理解してくださる外国の方が、どんどん増えてくるのではないかと期待しております。

（注）外国の方、といっても、碧い眼の方ばかりではなく、いろいろな眼の色の方がいらっしゃると思いますが、ここでは、昔から、日本で、外国の方を表現する際に使われている、〝碧い眼〟という言葉を使わせていただきました。

15 口笛で「愛のロマンス」を

中学生の頃、心は、まだ少女なのに、体は、大人の女性になりつつあり、戸惑いを覚えていました。

体を動かすのが、ぎこちなく、恥ずかしさを、いつも、感じました。

それに、戦後、民主主義の時代になったとは言え、やはり、男性の方が上で、女性は、一段低い存在だ、という考え方は、根強く残っていました。私たち女性も、「女性は、男性より劣った存在だ」と、心のどこかで、考えていたように思います。

その一段低い存在の、〝女性〟になるのは、いやでした。

その頃、私は、口笛を吹きたくなりました。

女性が口笛を吹くのは、はしたない、というような考えも、まだ、世間にはありました。

テレビで観た、映画「禁じられた遊び」のテーマ「愛のロマンス」が、とても気に入った私は、ドーナツ版のレコードを買い、繰り返し聴きました。イントロから最後まで、一曲まるごと覚えてしまいました。お風呂の中で、毎夜、口笛の練習をしました。

そして、とうとう、完璧に、口笛で「愛のロマンス」を演奏できるようになりました。それから、毎夜、お風呂に入るたびに、「愛のロマンス」を吹きました。まるで、男性になったみたいで、胸がすっとしました。

やがて、成長した私は、女性の人生だって、捨てたものじゃない、と思えるようになりました。

そして、いつのまにか、口笛を吹くこともなくなりました。

昔、私が、口笛の名人だったことは、誰も知りません。

16 アクセント　そして〝なまり〟について

まがりなりにも、朗読を教えていますと、アクセントの問題は、避けて通れません。

近頃は、ひどい〝なまり〟のある方は少ないですが、ほとんどの方が、少しは問題を持っていらっしゃいます。

（私は、この〝なまり〟という言葉は嫌いなのですが、言い換えるべき言葉がないので、やむを得ず、使っています。）

なまりを指摘されて驚き、一生懸命練習して、だいぶ共通語のアクセントに近づく方もいらっしゃいますが、ご年配の方は、なかなか治せるものではありません。

ある時、一人の年配の女性の生徒さんが、なまりを指摘されて、「私が関西の生まれ育ちであることを否定されたような気がした」と、悲しそうにおっしゃいました。

彼女は、その頃、関西から東京に越してこられたばっかりだったのです。

これは、私にも、生徒さんたちにも、ショックを与えました。

また、同じクラスに、アマチュアレベルとしては、なかなか上手な、中年の生徒さんがいらっしゃいます。

彼女は、かなり、なまりがあります。

でも、そのなまりにもかかわらず、人の心を打つ、よい朗読をなさいますので、生徒さんたちの間に、彼女の朗読のファンがいるほどです。

いろいろ考えて、私は、アクセントの間違いは、それほど、チェックしないことにしました。

深刻な間違いだけを指摘することにしたのです。

例を挙げますと、これは、どの教室にもいらっしゃいますが、

詩　と　死　を混同される方です。

多分、その生徒さんたちは、同じ地方のご出身ではないか、と思います。

これは、間違われるたびに指摘します。

治らなければ、そのつど、指摘することになりますが、仕方ありま

せん。

また、〝なまり〟といえば、よく思い出すのですが……。

若い頃、ある都心のホテルの売店で働いていたことがあります。

そのホテルには、寺山修司さんが、原稿を書くためだと思いますが、時々、数日の間、滞在されていました。

寺山さんは、気晴らしのためもあるのでしょう、時々、売店に買い物に来られるので、よく立ち話をするようになりました。

最初は、寺山修司さんだとは、気がつかなかったのですが、それが、かえってお気に召されたのだと思います。

私たちは、他愛ない話を交わしていましたが、寺山さんの言葉には、ご出身の東北のなまりがありました。

そのなまりを聞くと、とても暖かいお人柄のように思えました。

時々、少しの時間、お会いするだけでしたから、本当に暖かいお人柄なのかどうかは、分かりませんでしたが、少なくとも、それは、寺山さんのチャーム・ポイントの一つだったと思います。


また、学生時代の同級生に、九州から出てきたばかりの人がいました。

女性には、めずらしいかもしれない、さばけた、懐の大きい方で、彼女の九州なまりは、彼女の人柄の一部のようになっていて、人気者でした。


〝なまり〟は、決して、悪いものではありません。

できれば、出身地の方言が完璧に話せて、共通語も完璧に話せるようになれば、日本語のバイリンガルと言えて、素晴らしいのですが。

17 スキンシップ

母の暮らしている施設へ行きました。

いつものように、母の笑顔に癒されたあと、帰る時間が来ました。

皆さんと一緒にテレビを観ながらおやつを食べている母に、
「お母さん、また来るからね、はい、スキンシップ」
と言って、頬っぺたを、ちょっとなでてあげました。

すると、母の隣に座って、おやつを食べていた年配の女性が、私に向

かい

「いいですね。私には、スキンシップをしてくれる人はいないんですよ」

と話しかけてこられました。

そこで、私は、ちょっとためらいましたが、その方の頬っぺたに、優しく触ってあげました。

すると、その方は、私の手のひらが触れたところを、そっと手で覆いながら、

「ありがとう、今日一日、大切にします」

とおっしゃいました。

18　ふたりで〝エンヤ〟を

数年前のある夜の思い出です。

最寄の駅から、我が家までタクシーに乗りました。

タクシーの中に入ったとたん、私の大好きなエンヤの曲、「イヴニング・フォールズ」に包み込まれました。

ビックリしました。

聞けば、運転手さんも「イヴニング・フォールズ」が大好きで、それをリピートにしたテープを作り、仕事中は、その曲ばかりを聴いているとのことです。

運転手さんと私は、私の家に着くまで、しんみりと、二人の大好きな曲を聴いていました。

19　お子様ラーメン

ここしばらく、胃の調子がいまひとつで、食事をとる際には、気を使っています。

先日、外で、早めのお昼をとることになり、あるスーパーのファミリーレストランのウィンドウを覗きました。

一渡り、見回しますと、ラーメンがあります。

いわゆる醤油ラーメンです。

ここ何年も食べていません。

若い頃は、時々、食べたくて、たまらなくなったものですが。

ちょっと気をそそられますが、う～ん、おなかの具合が心配です。

そこで、今一度、ウインドウの中を見渡しますと……ありました！

〝お子様ラーメン〟です。

大人向きのラーメンの3分の1くらいの量で、480円です。

ちょっと割高かな？　とは思いましたが、決心して中へ入りました。

注文をとりに来たウェイトレスさんに、「変に思わないでね、今、おなかの具合が悪いので、〝お子様ラーメン〟お願いします」と頼みました。

ウェイトレスさんは、感じよく、にっこり笑って、注文をメモし、立ち去りました。

ほっとしました。

食べてみたら、お味は、まあまあでした。

デザートとして、牛乳寒がついていました。

子どものころ、生まれて初めて作ったお菓子が、牛乳寒だったことを思い出します。

サービスの飲み物は、カルピスで、大人のコップの、やはり3分の1くらいの大きさのコップに入っていました。

心臓に毛が生えてきたせいか、〝お子様ラーメン〟には成功しましたが、〝お子様ランチ〟を注文する勇気は、まだありません。

20　祖父母の写真

七月に八十七歳で逝った母が、生前、寝室の箪笥の上に置いて、朝夕眺めていた写真があります。祖父と祖母が結婚した時の記念写真のようです。海軍の軍人だった祖父は、軍服姿ですが、祖母は、なぜか、花嫁衣裳ではありません。その理由については、分かりません。母に訊いておけばよかったと思います。

写真の祖母は、初々しくて可憐です。もしかすると、まだ十代だったのかもしれません。祖父も、鼻下にひげを蓄えてはいますが、りりしく、まだ若かったのではないでしょうか。

母が入院して、ほぼ三ヶ月経ったころ、私は、このセピア色の写真のコピーをとり、病院に持って行き、母のベッドの横の壁に貼りました。祖母は、大変、看病が上手な人で、祖母が亡くなったあとも、母は、体具合が悪くなると、心の中で、「かあさま」と手をあわせて祈った、と聞いていたからです。

けれど、壁に写真を貼ったその翌日、日付が変わってすぐに、母は旅立ってしまいました。これは、きっと、祖父と祖母が、苦しんでいる母を見て、かわいそうに思い、天国に連れて行ったのではないかと思います。

残念ですが、私には、この素敵なカップルの記憶がありません。祖父は、私が生まれるより前に、祖母は、私が赤ん坊の時に、亡くなったそうです。

21　パパはダンディー

出かけようとすると、父に呼び止められました。

「これ、啓子に似合うと思うよ」と言って、新聞に折り込まれていた、通信販売のチラシの写真を指差します。ブルーグリーンのセーターです。

なるほど、私の好みの色です。「通販は、失敗するといやだから……」と答えましたが、よく見ますと、色違いのセーターが、三枚で三千円とのことです。

このくらいのお値段なら、失敗しても、そう惜しくはありません。

その夜、帰宅してから、注文しました。

父は分かるのです。

出かける前に、服装をチェックしてもらうこともあります。デイサービスの日に送り迎えしてもらう施設の職員の女性に、「ヘアスタイルが変わりましたね」などと言いますので、その方は、「主人なんか、気が付かないし、気が付いても、何も言ってくれないのに」

と大感激です。

デイサービスに行く時は、ちゃんと、自分で髪をとかしてから、出かけます。

職員の方がみえてから、髪をとかしに洗面所に行くので、お待たせしてしまうのですが、父のファンになったその方は、「〇〇さんは、ダンディーだから」と苦笑しながら待ってくださいます。父は、人柄も悪くありませんし、若い頃は、もてただろうな、と思います。

でも、多分、97歳の今日まで、今年の夏に亡くなった母一人を守ったのだろうと思います。

22　工事現場のスター・ウォーズ

今日、我が家の近くで、水道管の工事があり、暗くなってからも、6時過ぎまで作業が続いていました。

そこで、数年前のことを、ふと思い出しました。

ある夜、家路をたどっていますと、途中で工事をしていました。工事現場のそばに、警備員の方が、赤い警棒を持って立っていらっしゃいます。

暗くなっていましたから、警棒は発光しています。

思わず、「スター・ウォーズみたいですね」と声をかけますと、その方は警棒を持ち上げて、あの有名なポーズを決めてくださいました。

笑いあってお別れしましたが、いい方だなあ、と思いました。女の方でした。

23 〝カーペンターズ〟が流行っていた頃

〝カーペンターズ〟が、リバイバルで流行っていた頃、私は、ある小さな会社に勤めていました。

JR中央線のとある駅近くの会社です。

私一人が事務で、あと4人が営業でした。

営業は、20代と30代の男性が3人、30代の女性が一人です。

私は、もうミドルだったのですが、営業の若者たちは、少しも分け隔てなく、付き合ってくれました。

勤務時間が長く、休日が少ない会社でした。

その上、社長は、私たち社員を、勤務時間中は、片時も休ませてくれません。

営業の人たちは、「僕たちは、外で、適当に休んでるからいいけど、佐藤さんがかわいそうだ。」と言い、「社長には、お使いに行ってもらったと言っておくから、少し休んでおいで。」などと、時々、私を外に出してくれました。そこで、私は、天気のいい日には、近くの公園で、息抜きをしました。

みんな、よく、飲み会や、カラオケに誘ってくれました。

カラオケに行くと、私は、十八番の、フランク・シナトラの「夜のストレンジャー」を歌いました。

「一緒に歌おうよ。」と誘われた歌は、「アンチェインド・メロディー」

でした。

映画「ゴースト　ニューヨークの幻」のテーマとして使われた歌で、元々は、古い曲なのだそうです。

その歌は、私のレパートリーに入っていませんでしたので、残念ですが、デュエットできませんでした。

“Yesterday Once More”なども、皆でよく歌いました。

社長が、ちょっと困った人でしたので、余計、みんな仲が良かったのでしょう。

勤務時間の長さに不審を感じた私は、労働基準監督署に電話で聞き合わせ、会社の勤務時間が、労働基準法に違反していると分かりました。

けれど、勤務中に、なかなか抜け出せないため、社内の電話を使っていましたので、社長に立ち聞きされ、辞めさせられることになりました。同僚たちは、心のこもった送別会を開いて、私を送り出してくれました。

それから数年後、街で、ばったり、当時の同僚の一人と会いました。話を聴くと、当時、同僚だった人たちは、その人も含めて、もう誰も会社にはいない、という事でした。

創設されて、かなり経つのに、長く続く社員は、一人もいない会社でした。

今でも、その時の同僚たちの顔と名前を、はっきり覚えています。

本当の意味で、〝仲間〟と呼べる人たちでした。

24　南十字星の下に

潜水艦に追われ、やっとの思いでマニラに辿りついた私は、兵站宿舎に落ち着くいとまもなく、鉛筆書きの地図をたよりにR街へいそぎました。

たずねあてた店は、スペイン系の混血娘が大勢いる喫茶店でした。16～7才のウェイトレスに、M子さんがいたら呼んでくれるようにとたのんで、久しぶりのコーヒーの香を楽しんでいると、私のそばへいぶかしげに近寄ってきた小柄な娘さんが、〝M子ですが〟と声をかけました。

〝越智見習士官を知っている？〟問いかける私の言葉に、サッと顔色を

変えた娘さんは、

〝知っています。知っています！　越智さんいまどこにいます？　いつマニラへかえりますか？〟矢つぎ早に詰め寄って来る気勢に押されながら、私は軍服の内ポケットから取り出した一通の封書を手渡しました。差出人に目を落とした娘さんは、それを抱くようにして奥へ駈け込んで行きました。

その封書は、私が、いよいよ明朝ラバウルを発って内地へ帰還するという日の夜更け、夜露に光る椰子林のなかで越智見習士官から託されたものでした。

師範学校を卒業後、ただちに入隊し、幹部候補生教育を受けて見習士官に任官した同君は、南方戦線への配属の途次しばらくマニラに滞在しました。そして、たまたまこの喫茶店で彼女を知ったのです。軍国に青春を捧げた青年士官と、戦火の跡に咲いた一輪の花にもたとうべき純情な乙女は、いつしかたがいに愛し合う仲になって行きました。彼女の家へもたびたび遊びに行ったようです。父親は、ハイスクールの先生だったそうで、家にはピアノもあり、音楽好きの越智見習士官のひくピアノに合わせて家族一同で合唱するときなど、遠く祖国を離れた同君にとってはこの上もなく幸福なひとときだったようです。急遽転進を命ぜられた同君は、行先を告げることも出来ないままに、マニラを後に赤道を越え、ニューブリテン島ラバウルに上陸し、私の中隊へ配属されたのでした。

〝このなかには、二人のイニシアルをきざんだ銀の十字架と手紙、それに日本をたつとき持ってきた日本紙幣が入っています。マニラに上陸されたら是非彼女に会って下さい。そして、これを渡してやって下さい。

日本紙幣は、マニラで使えるように軍票と交換してやって下さい。〟こういいながら封書を差し出した越智見習士官の目には涙が光っていました。

しばらくして出てきた彼女の、涙に濡れた黒い瞳は清らかな美しさでみたされていました。

〝ありがとうございました。十字架と日本のお札は、一生肌身離さず持っていたいと思います。軍票と交換していただかなくて結構です。〟溢れようとする涙をこらえながらこう云い切った彼女の顔に、文学を好み音楽を愛した越智見習士官の顔が重なり合って、私もいつしか涙ぐんでしまいました。

マニラから特殊船舶に便乗を許された私どもは、三年ぶりで初秋の日本へかえりつきましたが、私どもの所属していた部隊はニューギニヤの対岸地区に移動し、進行して来た敵を迎え撃って壊滅状態に陥入り、越智見習士官は壮烈な戦死をとげたということです。

終戦の月、8月を迎えるたびに、私は、越智見習士官やM嬢のことをなつかしく思い出します。長い戦場生活の間には多くの戦友が戦死しました。だれもかれも、みんな数々の思い出をわかち合う人びとでした。しかし、どうした訳か、越智見習士官の印象ほど鮮烈に、私に若い日の情熱を呼びさましてくれるものはありません。同君のことを思うと、私の胸はジーンとしめつけられ、目がしらに熱いものがにじみ出るのをどうすることも出来ません。それほど、同君は純粋な、情熱に燃えた若人であり、若い私に人一倍強烈な印象を刻み込んだのでしょう。別れに臨んで同君は、次の言葉をしたためて呉れました。恐らくこれが同君の絶筆になったのではないかと思いますが……。

「凡そ人は願いに生くとか、我も亦希い在り、そは、美しき浄きを常に愛せむと」

（原文のまま）

その信条のままを生き、そして、美しく浄く散っていった越智見習士官の面影を伝えるこの筆跡を遺族の方々へ差し上げたいと思い続けながらも、未だにその機縁に恵まれません。

あれから26年、同君の遺骨は、今でも仏桑華の花が真赤にさき乱れた丘の上に埋まったままになっているのではないでしょうか？

いつの日か、現地を訪れ、香華をたむけ、同君の霊を慰めてあげることの出来るのを祈り続けている私です。

（7月29日記）

＊右記は、私の父、佐藤友之介が、終戦後26年目に、勤めていた会社の社内報に載せたエッセイです。その後、このエッセイに登場する越智見習士官のご遺族と連絡が取れ、絶筆をお渡しすることができました。
父は、今年（平成23年　2011年）5月2日に、98才で旅立ちました。

私の第1作のCD「朗読会　keikoのスクラップ・ブック」（2006年発売）に、小泉八雲の「耳なし芳一の話」などと一緒に、このエッセイの朗読も収録しました。

25　私のお洒落開眼　―きっかけは一枚のTシャツ―

母は、お洒落な人で、私が着るものは、子供のころから、中年になるまで、ずっと母が選んでくれていた。

そのせいだろう、私は、お洒落が苦手だった。

青春時代も、お洒落とは無縁。

大学には、制服があったし、あまり出歩かない方だったので、服装のことは考えないですんだ。

勤めるようになってからは、毎日、翌日着ていく服を決めるのが、面倒だった。

制服を着る職場が、うらやましく思えたこともあった。

ずっと後になってから、一時、制服を着ることになり、私服の職場になれたあとだったので、苦痛だった。大げさだと思う人もいるかもしれないが、会社の奴隷になったような気がしたものだ。

母が認知症になってからやっと、自分で着る物を選ぶようになったが、最初は、なかなかうまく行かなかった。

ブラウスが、フェミニン過ぎて、パンツと合わない、などということがしょっちゅうあった。

朗読の仕事をするようになってから、人前に立つことが多くなり、徐々に、お洒落が人並みにできるようになったと思う。

きっかけは、母が最後に、私のために選んでくれた、黄色と黒の横ストライプのTシャツだ。

生徒たちの発表会で、そのシャツの下に、黒い網シャツを着て、ステージに立ったところ、好評だった。

自分でコーディネートした服装をほめられたのは、初めてで、うれしい経験だった。

この時から、お洒落が、楽しみになり始めた。

ところが、今度は、別の悩みが生まれてきた。

どんどん、エスカレートしていくのだ。

もっと、新しい服が欲しくなる。

もっと高価な服が買いたくなる。

シャツも、セーターも、ブラウスも、パンツも、アクセサリーも……

あ～、神様、なんとかして！

これでは、破産してしまう。

26 〝コア石響〟と桜井美紀さんの思い出

四ツ谷駅から10分ほど歩いた静かな住宅街の一角のマンションの地階に〝コア石響《しゃっきょう》〟という名称のホールがあった。

このユニークな名前は、マンションに建て替えられる前の家が明治時代のもので、立派な石庭があったことに由来するという。コンサートや朗読会などがさかんに行われる、こじんまりとしたホールだった。歌手の波多野睦美さんや、知り合いの尺八演奏家のコンサートなどで、たびたび通ったものだ。

催しは夜が多かった。暮れなずむ道を、迎賓館を左手に見ながら歩くのは、気持ちがよかった。

数々の催しの中で、とくに記憶に強く残っているのは、ストーリー・テラー、桜井美紀さんの語りの会だ。美紀さんの語りは、外国や日本のお話、そして、ご自分の創作などを元に、知的に練り上げられたものだった。

語りながら、聴き手の反応をうかがい、考えながら、その続きを語られる。なかなか、クールな方のように思えた。

〝コア石響〟以外にも、いろいろなところで、語りの会を開かれ、また、〝語り手たちの会〟を立ち上げられ、全国に、多くの会員を持ち、講演や、語りの指導などで、日本全国や、時には、外国も、精力的に、飛び回られていた。

桜井さんとは、私が、まだ、朗読の仕事を始める前に、ふとしたことで知り合い、一度、お宅にうかがったことがある。将来、朗読の仕事をしたい、という私の夢や、桜井さんが語られたことのある、小泉八雲夫人、節子さんの「思い出の記」を、一度、朗読してみたい、などとお話したので、興味を持たれたのだろう、「これから、時々、お遊びにいらっしゃらない?」と言って下さった。けれど、身辺の変化や、いろいろなことに取り紛れて、以後、おうかがいすることはなかった。桜井さんは、その後、私の朗読会に来てくださったこともある。

桜井さんのストーリーテリングで、とくに良いと思ったのは、〝コア石響〟での、「妖精族の娘」だ。アイルランドの作家、ロード・ダンセイニの原作による。産業革命の時代が背景になっているのだと思うが、自然の中での生活と、都会の生活との比較が、テーマと言って良いかもしれない。途中、教会の中から、讃美歌が聞こえてくる場面では、若手の声楽家が、舞台脇で、聖歌を歌われた。

この他にも、照明などを使い、聴き手に臨場感を持たせるよう、工夫をしていらっしゃると感じた。

これらの工夫のせいもあるだろうが、美紀さんの語りを聴いていると、アイルランドの風に吹かれているような気がしたものだ。

以前から、美紀さんは、語りと朗読の交流を考えていらしたようだ。私が、朗読の仕事を始めて、何年か経ったころ、〝語り手たちの会〟に、入会しないか、とのお誘いがあった。集団の中で、うまくやっていけない私は、丁重にお断りしたが、無名の朗読家、朗読講師としてがんばっていた私は（今でも、そうだが）、美紀さんが、私のことを念頭に置いてくださっていることが分かり、うれしかった。

その後、美紀さんは、朗読も始められた。聴きに行ったが、正直言って、今ひとつと思えた。もっとも、美紀さんとしては、ストーリーテラー風朗読という線を考えておいでだったようだ。美紀さんは、先年、惜しまれつつ旅立たれた。まだ、72才だった。美紀さんの、ストーリーテラー風朗読が、これからどうなっていくのか、見届けたかったと思う。残念だ。

〝コア石響〟は、先年、一応、営業を終えたが、2009年より、〝絵本塾ホール〟と名を改め、改装し、〝響きの空間〟としてよみがえったそうだ。

27 美男・美女でないと恋愛できない？

ある日の授業の際、年配の生徒さんが「私、昔、美男・美女でないと、恋愛できないと思っていたの」と、おっしゃいました。その生徒さんや、私の母などが女学生だった頃、よく観ていたという、いわゆる〝往年の名画〟、例えば「うたかたの恋」、「哀愁（ウォータールー・ブリッジ）」、「ガス灯」などには、いずれも、当時一流の美男・美女の俳優さんたちが出演していました。シャルル・ボワイエ、ダニエル・ダリュー、ロバート・テイラー、ビビアン・リー、イングリッド・バーグマン　etc。

たしかに、世間知らずで、夢見がちで、うっとりと映画を観ていた娘たちの中には、綺麗な男女だけが恋愛できるのだ、と思い込んでしまった人もいたかもしれません。

実は、時代は、少し新しくなりますが、私自身もそうでした。私は、若い頃、ガラスのような心臓を持っていましたので、平日の昼間など、電車に乗った際、向かい側の座席に座っている人たちと目を合わせるのが、恥ずかしくてたまらず、いつも、下を向いて本を読んでいました。また、街を歩く時も、まっすぐ前を向いて、目的地までさっさと歩き、用事がすむと、同じようにして帰ってくる、という具合でした。

アメリカのＴＶドラマが好きでしたから、テレビは、よく観ていましたが、一般の人たちが、どういう顔立ちで、どういう格好をしているか、ということに関しては、まったく無知でした。そして、私も、やはり、美男・美女だけが恋愛できるのだと思っていました。

中年になって、心臓に少し毛が生えてきてから、やっと、世間の人たちの顔や服装を観察できるようになりました。そして、初めて、世の中には、美男・美女というものが、どんなに少ないか、ということに気が付いたのです。

マス・メディアのおかげで、みんな、自分によく似合った服を着、綺麗にお化粧をしてはいますが、いわゆる〝眉目秀麗〟とか〝明眸皓歯〟といった人たちには、めったにお目にかかれません。

大勢の人の顔を見られるようになった今、あらためて思います。神様は、整った容姿の人たちだけでなく、どんな容姿の人でも恋愛できるように、人間をお創りになったのだと。そうでなければ、人類は、ここまで存続してこられなかったことでしょう。

28　夜の冒険

私の書棚に「夜の冒険」という本がある。すっかり黄ばんでしまっているその本は、昭和二十九年に出版された翻訳の探偵小説だ。巻末の江戸川乱歩の解説によると、スウェーデンの作家、S・A・Duse（1873〜1933）の作品のドイツ語訳を、小酒井不木という人が日本語に訳したそうだ。出版時より三十年くらい前に訳され、当時の探偵小説雑誌「新青年」に連載されて好評だったとのこと。若い頃、古書店で見つけ、題名に魅かれて購入したが、そのまま積読になっている。その昔の夜のスエーデンに、いったいどのような冒険が繰り広げられたのだろう。

私も、ささやかながら、「夜の冒険」といえるものを経験したことがある。あれは、もう十数年前になるだろうか、ある夜、帰りが遅くなった私は、駅前からタクシーに乗った。車が家の前に着き、窓から外を見たところ、誰かが門扉の前に横たわっている。男の人のようだ。俯せになっているので、どういう人か分からないが、家族の一員ではなさそうだ。生きているのか、死んでいるのかも分からない。私は困惑したが、支払いのあと、運転手さんに、私が門扉と玄関の扉を開けて中に入るまで見ていてほしい、と頼んで、車の外に出た。死んでいる人も怖いが、もし、生きている人で、急に立ち上がって、襲いかかってきたりしたら……と思うと、これも怖い。びくびくしながら、男の人の足元をそっと通り、家の中に入った。家族は、もう寝静まっていたので、警察に電話して、状況を話した。間もなく、警察の人たちが来てくれた。玄関の扉を少し開けて、そっと見ていると、男の人は、起こされて、いろいろ質問されているようだ。あ～よかった、生きていて、と胸をなでおろした。その人は隣町に住んでいる人で、お酒を飲んですっかり酔ってしまい、気が付いたら、ここにいた、ということだ。家の近くには、飲み屋さんなどないのだが、いったいどこから歩いてきたのだろう。警察の人たちは、男の人を車に乗せて、去って行き、こうして、私のちょっとドキドキした「夜の冒険」は終わった。

29 レイトン・ハウス

母方の祖父は、海軍の軍人だった。第一次大戦の時、日本は連合国として参戦したため、駆逐艦で、ヨーロッパまで遠征したそうだ。

祖父は、いろいろなお土産を持ち帰ったけれど、戦争（第二次大戦）を経て、散逸したものが多く、今、残っているのは、寄港地で買い求めた絵葉書、それに、ナポリで購入したというタピスリーなど、わずかなものに過ぎない。

そのお土産の中に、ルクセンブルグ美術館の画集がある。ばらばらになっていたので、長い間、どこの美術館の画集かはっきりしなかったのだが、やはり海軍の軍人だったおじ（母の姉の夫）が、整理してくれた結果、ルクセンブルグ美術館のものと分かった。母と私は、時間のある時、ページを繰って楽しんだ。昔のことだから、カラー写真は少なく、モノクロが多い。ごく少ないカラー写真の中の一枚に、母は、ふと心を魅かれたようだ。題は、“Return of Persephone”。作者は、Frederic Leighton。これは、どういう絵なの？　と私に訊ねる。

描かれている人物は三人。洞窟の入り口のようなところで、若者が、少女のような若い女性を抱きかかえ、両手を大きく広げて待っている中年女性の腕の中に、少女をゆだねようとしている。少女も、両手を、その女性の方に差し出している。三人の服装から考えると、これは、ギリシャ神話の物語の一シーンではないかと思われた。

いろいろな本にあたった結果、予想通り、この絵は、「ペルセポネの帰還」という、ギリシャ神話の一挿話の光景だと分かった。ギリシャ神話の最上神、ゼウスと、豊穣の女神、デメテルとの間に生まれた娘、ペルセポネが、ある日突然、姿を消す。デメテルの必死の捜査の結果、ペルセポネは、冥界の王、ハーデースに連れ去られたことが分かる。デメテルは、ゼウスに訴えたが、ゼウスは、冥界の王の妃になるのなら、いいではないかと、取り合わない。デメテルは絶望し、腹を立て、どこかに隠れてしまう。その結果、地上は、一年中冬になってしまった。困り果てたゼウスは、冥界に使者を送り、その結果、ペルセポネは、一年の半分を、地上の母のもとで、残りの半分を、冥界のハーデースのそばで過ごすことになった。それ以後、一年の半分が、過ごしやすい気候、あとの半分が、寒い気候ということになったそうだ。この絵には、ペルセポネが冥界から出て、母、デメテルのもとに戻った瞬間が描かれている。

この絵の作者、フレデリック・レイトンについても調べた。まだ、パソコンは、普及していなかったころで、当時、出入りしていた、ある女子大の図書館で、"Who's Who"（人名録）をあたった。その結果、レイトンがイギリスの画家であることと、生没年（1830~1896）、そして、ロイヤル・アカデミー（王立美術院）の会長だったことが分かった。また、貴族に列せられ、ロード・レイトンと呼ばれたことも。これだけのことでも、母は、大変喜んでくれた。

それから、ずっとあとになって、ある会社のOLだった私は、イギリスに旅することを思いついた。会社の業績が悪化していて、不穏な雲行きだった。今のうちに海外旅行を……と考えたのだ。出発する前に、ある出版社から出た「ロンドン物語」という本で、レイトンの住んでいた家が、美術館として公開されていることを知った。「レイトン・ハウス・ミュージアム」という名称だ。行ってみよう！　私は、期待に胸を膨らませて、旅立った。

ガトウィックの空港に着く前、飛行機の窓から、春の盛りのサリー州の田園風景が見えた。絵本の絵のようで、私は、夢心地になった。四月末から五月初めの一週間、イギリスは異常気象のため、陽が燦々と照り、例年の雨や寒さは、どこかに追いやられたようだった。

レイトン・ハウスは、最寄駅が、地下鉄のハイストリート・ケンジントン、住所は、ホランド・パーク・ロードということだった。

私のホテルは、地下鉄の駅、アールズ・コートのそばにある。徒歩圏内なので、歩いて行くことにした。レイトン・ハウスのあと、ヴィクトリア&アルバートミュージアムや、ケンジントン・ガーデン、それに、ケンジントン・パレスにも歩いて行くつもりだった。

レイトン・ハウスの近辺は、高級住宅地だそうだ。かつては、ワッツや、ロセッティ、ハント、ミレイなどの、ラファエル前派の画家たちがつどう、サロンのような邸宅も、近くにあったとのこと。１８６６年、レイトンのアトリエ兼住居として、友人の建築家によって建てられたというレイトン・ハウスは、地味な赤レンガの建物だ。中に入って驚いたのは、一階のアラブ・ホール。スペインのムーア建築にならって設計され、ダマスカス、カイロなどで、レイトンや友人たちが集めた13～17世紀のとりどりのタイルで埋め尽くされていて、その上部をペルシャ風モザイクフリースが飾っている。また、床には、黒と白のモザイク装飾が施され、中央には、一枚の黒大理石をくり抜いて、方形の噴水が設けられている。外は、湿気はないけれど、痛いような日差しが降り注いでいたので、ホールの、ひんやりとした空気が心地よく、噴水の音も気持ちがいい。しばらく、噴水の前に、ぼんやりと、たたずんでいた。ケンジントンの住宅街の家の内部に、こういう空間があるとは、思わなかった。

そのあと、受付にいた年配の男性と少し話した。「レイトンの絵が、家にある」と言ったら、男性は、びっくりして、「それは大変なことだ。子々孫々の宝物になることだろう」と言う。画集の中の絵、つまり写真だとは、言いそびれた。

アラブ・ホールの印象が強烈だったため、レイトン・ハウスのほかの部分は、あまり記憶に残っていない。ただ、レイトンの絵が少ないのが残念だった。もっと観たかった。日本に帰ってきてから、「ヴィクトリア朝の絵画展」が、伊勢丹美術館で開かれた。ほかの多くの画家たちの絵に混じって、レイトンの絵も、かなりあった。古代ギリシャの服をまとった女性の絵などが多い。レイトンは、生涯、独身だったそうだが、それらの女性の絵には、品のよいエロチシズムがある。

この時のイギリス旅行は、天候にも恵まれ、本当に楽しかった。帰国して、母と、おみやげ話に花が咲いた。遠い昔の祖父のお土産がきっかけとなり、レイトンと出逢うことにもなった。

それから半年ほどして、私が勤める会社は破たんした。もう中年だった私には、辛い仕事探しの日々が待っていた。

この文章を書く際、左記の資料を引用、参考にしました。

世界美術の旅　４「ロンドン物語　下」
世界文化社　昭和63年　１００ｐ　レイトンハウス
「ヴィクトリア朝の絵画」
東京新聞社発行　１９８９年　34ｐ～51ｐ　１５１ｐ

30 「稲むらの火」と中井常蔵さんの思い出

朗読と出逢う前、当時勤めていた会社のお昼休みに、近くの書店で一冊の本を見つけました。「小泉八雲　西洋脱出の夢」という題で、著者は、比較文学者の平川祐弘さんという方です。新聞の書評を読んで、その本について、少し知っていたので、迷いなく買い求めました。

この本を読んで、それまで、「耳なし芳一」や「雪女」の作者としてしか知らなかった小泉八雲が、私の目の前に立ち現われてきました。八雲は、ラフカディオ・ハーンとして、ギリシャの島に生まれ、アイルランド、イギリス、フランス、アメリカ、そして西インド諸島などを転々とし、明治23年（1890年）39才の時に、日本にやってきました。日本でも、松江、熊本、神戸、東京などを転々としますが、1904年54才で、日本の土となり、雑司ヶ谷霊園に眠っています。

八雲は日本人です。松江で出逢った小泉節子さんと結ばれ、妻子の行く末を考えて、日本に帰化しましたから。ほかにも、いろいろなことが分かりました。八雲はあまり日本語が得意ではなく、作品は、ほとんど英語で書かれています。八雲の日本語は「へるんさん言葉」と呼ばれる独特なものだったので、節子夫人と交わす「へるんさん言葉」による会話を聴いて、「お父さんとお母さんは、おとぎ話の世界の人たちのように思えた」と、お二人の間のお子さんたちは、のちに語っているそうです。

この本には、八雲の短い作品がいくつも載っています。どれも、みな、それぞれに面白い作品です。その中では異色なのですが、八雲の書いた「生き神様」を再話したものだという「稲むらの火」という短い作品があり、これは、中井常蔵さんという人が作者です。八雲の「生き神様」は、浜口五兵衛という人が、津波の被害から、村人たちを救い、神様として祀られる、というお話で、これは、実話をもとにしています。浜口五兵衛（実名は儀兵衛）も、実在の人物です。昭和の初めに文部省が小学校の国語の教科書に載せる文章を、初めて民間から公募した際、和歌山県の小学校の先生、中井常蔵さんが、郷土の偉人、浜口儀兵衛の事績を八雲の作品をもとにして、短く、小学生でも分かるように再話したものを書き上げ、応募したところ、見事に採用されました。この作品「稲むらの火」は、昭和12年から教科書に載りました。庄屋の五兵衛さんが、地震のあと、高台にある自分の家から下にある村と海を見下ろしたところ、海の水が、どんどんひいて行き、地面の底が現れています。津波の気配を察した五兵衛さんは、とっさに、自分の畑に干してある稲むらに火をつけました。この火を見て、庄屋さんの家が火事だと思った村人たちは、火を消さなければと、続々、高台まで駆けつけてきます。村人たちが、全員、高台に集まった、ちょうどその時、大きな津波が、村に襲い掛かりました。こうして五兵衛さんは、自分の畑を犠牲にして、村人たちの命を救ったのです。五兵衛さんのモデルとなった儀兵衛さんは、現在も続く「ヤマサ醤油」の主です。この「稲むらの火」は、すっかり有名になり、地震や津波があるたびに、引き合いに出されるようになりました。

平川先生の小泉八雲の本を読んだ数年後に、私は、朗読と出逢いました。初めての発表会で、朗読の先生から「自分の好きな作品を読みなさい」と言われて、私は「稲むらの火」を選びました。読むのに、6〜7分かかります。時間制限がありますので、ちょうど良いと思いました。読む前に著者の了解を得なければいけません。「小泉八雲……」の出版元の新潮社に問い合わせ、平川先生の連絡先を訊いて、手紙を出し、中井さんのご住所を教えていただきました。

中井さんあてに手紙を出した数日後、日曜の午後に、電話がかかってきました。和歌山の中井常蔵さんご本人からでした。中井さんは、私の話を聞いて、「稲むらの火」を朗読することを、快く許して下さいました。「その代り、朗読をテープに録音して送ってください、聴いてみたいので」とのことです。発表会は無事に終わり、約束通り、テープを中井さんに送りました。すると、数日後、やはり日曜の午後に、中井さんから電話がありました。「テープを聴きましたよ、いやあ、いい声ですなあ」と、中井さんは、私の未熟な朗読をほめてくださいました。それがきっかけで、中井さんとは、しばらく文通するようになりました。中井さんは、私の住んでいる小金井に、以前いらしたことがあるようで、それも話題になりました。けれど、いつの間にか、文通は間遠になり、やがて音信は絶えてしまいました。

そして、長い時間が経ったあと、再び「稲むらの火」を朗読することになり、お許しを願う手紙を出しました。すると、数日後の日曜に電話が来ました。常蔵さんの息子さんからでした。予想していたことではありますが、常蔵さんは、平成6年に86才で亡くなられた、ということでした。お悔やみの言葉を述べますと、息子さんは「失礼ですが、おやじとは、一体、どういったご関係でしょうか?」と質問なさいました。私が説明しますと「それは、おやじの晩年に花を添えてくださって、ありがとうございます」と言われ、続けて「これから、「稲むらの火」を、どうぞご自由にお使いになってください。それから、和歌山にお立ち寄りの節は、ぜひご一報ください」と締めくくられました。こうして「稲むらの火」は、防災教育に役立っているだけではなく、中井常蔵さんの心にも、私の心にも、ぽっと灯りをともしてくれたのです。

なお、中井さんが再話なさった八雲作の「生き神様」というお話には、後日談があります。「生き神様」の主人公、浜口五兵衛（儀兵衛）さんのご子息が、イギリスに留学された際、ある日、日本についての講演を頼まれました。講演が終わったあと、司会者が、聴き手の方たちに「なにかご質問はありませんか？」と呼びかけたところ、一人のイギリス婦人が、立ち上がりました。そして、おずおずと「私は、ラフカディオ・ハーンの愛読者ですが、今日、講演をなさった浜口様とハーンの「生き神様」の主人公、浜口五兵衛（儀兵衛）さんとは、同じ苗字でいらっしゃいますね、お二人の間には、なにかご関係がおありなのでしょうか？」と尋ねました。とたんに浜口さんは、絶句してしまわれました。不審に思った司会者が、浜口さんに近寄って、話を聞き、そして、聴衆に向かい、「今日、講演してくださった浜口さんは、まさしくあの浜口儀兵衛のご子息だそうです」と伝えたとたん、会場は、この偶然の一致に驚いた人たちのわっ！という歓声に包まれたそうです。常蔵さんと私の心に灯りをともしてくれた「稲むらの火」の原作「生き神様」も、イギリスと日本の間に灯りをともしてくれたように思います。

31 春一番

私は若い頃、ふるえるような心を持っていた。そして、風が怖くてたまらなかった。家の中にいて、しっかりした壁に守られていても、自分が吹き飛ばされて粉々になってしまうような気がした。とくに、夜に聴く風の音は、たまらなく恐ろしかった。駅のホームにいて、通過電車が通って行く時の風にも、ものすごい恐怖を覚えた。一種の神経症だったのではないだろうか？

恐ろしさに震える私を見て、私をとても可愛がってくれていたおばが「啓子ちゃん、だれでも、風は怖いのよ」となだめてくれた。そう言われると、少し気持ちが楽になるような気がするのだった。

傷つきやすく小心者の私には、人生の途上で、時折、このおばのように、私のことをかばい、守ってくれる人が現れることがあった。守られている間は、おだやかな気持でいられた。だが、その人たちが去って行くと、また傷つきやすい小心者に戻ってしまう。そういうことを繰り返しているうちに、私は、少しずつ齢をとっていき、私を守っていてくれた人たちも、どんどん齢をとっていった。私は、風にだいぶなれた。もう、夜の闇の中で、風の音を聴いて、ぶるぶる震えることはなくなった。駅のホームで、電車の風を受けても、以前ほどは怖くなくなった。

長い間、私を守ってくれた父が、この世を去った年の春、入院中の父を見舞い、帰る途中の道で、ものすごい風が襲いかかってきた。その時、私の近くを歩いていた見ず知らずの若い女性と二人、思わず、近くにあった太い木の幹にしがみついて、身を守った。今、考えると、あの風は、私が強くなっていく途上で吹いた「春一番」ではなかっただろうか。

32 父と一緒に

入院している父のところへ行ってきました。すやすや眠っている父を起こさないで帰ろうかと思っていると、ちょうど通りかかった看護師さんが、父を起こしてくださいました。

父は機嫌がよく、元気でした。お腹がすいたというので、九州のお菓子、〝黒棒〟をあげました。黒砂糖を使ったお菓子〝黒棒〟は、私たち一家の好物です。私たちは、以前、九州に住んでいたことがあります。

父は「家に帰ったら、髪を伸ばそうかと思ってるんだ」と言ったり、「この病院のことを知りたい、病院周辺の略図はないだろうか？」などと言います。病院のパンフレットに周辺略図がありましたので、父にあげました。(父は救急車で病院に運ばれたのです。)「美味しい」と気持ちよさそうな父は、そのあと例によって「啓子の部屋は散らかっているんじゃないだろうね」と片づけが苦手な私に向かってお説教を始めました。そこで私は、すかさず「私のような人もいるのよ、聴いて」と言って、いつものように、本の朗読を始めました。

岡田光世さんの「ニューヨークの魔法」というエッセイ集の中の、短いお話です。岡田さんは、長年、ニューヨークで暮らしている女性ライターで、ご自分が経験されたことを書いていらっしゃいます。

「クローゼットご開帳」という一篇。岡田さんの、ものすごく散らかった部屋に、泥棒が入りました。そのあとは一体どうなったでしょう……? 父は心から愉快そうに笑いました。もう一つ、とせがまれて、

産経新聞関西版の読者投稿欄「夕焼けエッセー」の投稿作品より、若い

女性の書き手によるコミカルなお話「まりッジブルー」をを読みました。これにも愉快そうに笑った父は「これから毎日、笑えるお話を聴かせてよ」と言いました。

途中で、隣のベッドの患者さんの奥さんが、お見舞いに来られましたが、彼女も、そして通りかかった看護師さんも、一緒に聴いてくださいました。朗読が終わったあと、看護師さんや、奥さんが、口々に感想を言ってくださいます。父も一緒に、楽しそうに歓談しました。

これからお昼を食べる、という父をあとに残して帰ってきました。

今日、内科のお医者様と外科のお医者様が相談して、父の今後のことが決まります。手術しないで、このままにしておくと、やがて苦しむことになるでしょう。でも、もうすぐ、98歳になる父が、手術に耐えられるでしょうか……お医者様が、手術を決めても、家族や、そして最終的には、父本人が同意しなければ、手術は行えません。父の気持ちは揺れ動くでしょう。お医者様からのお話は、明日になるそうです。父が平安な気持でいられるのは、今日が最後かもしれません。父を起こしてくださった看護師さんに感謝しなければいけません。それにほんの一時でも、父と私に、幸せな時間を与えてくださった神様……そして私に朗読を与えてくださった神様に、感謝いたします。

☆父が最後に幸せな日々を過ごすことのできた、小金井市の聖ヨハネ会桜町病院のスタッフの方たちに感謝の言葉を贈ります。

☆右記の文章は2011年2月21日に私のブログに書いたものです。父は2011年5月2日に旅立ちました。父の死を伝えるブログの日記に、「ニューヨークの魔法」の作者、岡田光世さんが、コメントをくださいました。うれしい驚きでした。コメントには「お父様と拙作を引き合わせてくださって、ありがとうございました」と書いてありました。

33　耳を澄まして

数年前から耳を傷めていて、お医者様に、あまり大きな音を聞かないように、と言われている。そのため、観たい映画が来ると、耳栓を用意して観に行く。

耳栓をすると、音量は半分に落ちる。それでも、セリフも音楽も、充分聴こえる。ただ、薄いヴェールを隔てているようで、完全には入り込めない時もあるが。

映画が終わり、タイトルバックの時に、つい、耳栓をはずしてしまうことがある。とたんに大音量が、耳に飛び込んでくる。うあっ！と思う。一体、こんな大音量が必要だろうか？

量販店の音響機器の売り場に行くと、ものすごく大きな音で、スピードの速い音楽を流している。いたたまれない。早く用事を済ませ、さっさと退散する。お客様はいいが、売り場の店員さんは、あんなところに長くいて、難聴にならないだろうかと、他人事ながら心配になる。世の中全体が、大きな音に、無感覚になっている。そんなに大きな音が必要だろうか？

耳のせいもあるかもしれないが、近頃の私は、音楽はあまり聴きたくない。自然の音、例えば、軒を打つ雨の音などを、ひっそりと聴いていたい。もっとも、最近は、豪雨が多くて、ひそやかな雨などという上品な雨はめったに降らないようにも思うが。

さらに言えば、耳を澄まさなければ聴こえない音に憧れる。たとえば、月夜に、遠くから、かすかに聴こえてくる笛の音など……ああ、今の世に、そういう状況があるだろうか？

34 文庫本をプレゼントする

先日、5～6人の方に、ちょっとしたプレゼントをする機会がありました。

何にしようかと考えた結果、文庫本に決めました。

書店の棚の前で、贈る相手の方の顔を思い浮かべながら、本を選びます。

あの方には藤沢周平を、この方には江國香織をという風に。

本を一冊ずつギフトラップしてもらいました。

包装紙の色も、お一人ずつ好みを考えて決めます。

本選びも楽しかったですが、プレゼントする際、とても喜ばれた方があり、こちらも嬉しくなりました。

＊ギフトラップのコーナーがある大きめの書店を選び、あまり混んでいない時間帯に行くのがいいと思います。

35　心の薬

今年いただいた年賀状から……

☆朗読と出会えて本当に幸せです。今年もよろしくお願いいたします。

（昨年入会なさった私のある教室の生徒さんです。　女性）

☆今年もまた、○○さんの朗読に期待しています。

（ある団体のお仲間です。　女性）

☆時々、ブログを拝読させていただいています。とても味わいのある文を書かれていて、私の気持ちもほっこりさせてもらっています。（大阪在住の私の朗読ファンの方です。　女性）

☆これは年賀状ではありませんが、数年前に私の朗読会に来てくださった私の朗読の姉弟子が感想を書いた手紙を下さいました。その中に「淡々と読んでいらっしゃるのに、心にしんみりと染み込んできます。こういう読み方もあるのかと感心しました」と書いてありました。

めいっている時には、こういう言葉が効きます。心の薬です。劇的には効きませんが、じんわりと効き目が表れてきます。

36 自由学園明日館での結婚式

3月2日、甥が結婚しました。ひどくお天気が悪くなるとの予報で、心配したのですが、それほどのこともなく、ほっとしました。

ふたりは職場で知り合ったそうです。

喜びを隠せず、口元がついほころんでしまう甥。しっかりと大事なパートナーによりそう花嫁さん。これから一緒に過ごせるのを心から喜んでいることが伝わってきます。恋愛結婚とはよいものだな、と思いました。つらいことの多い世の中で、こういう幸せそうなカップルを見ることもあるのですね。雨風に痛めつけられることなく育った若木たちがともに、折れることなく伸びて行ってほしいと思います。

ふたりが式を挙げたのは、池袋の自由学園明日館《みょうにちかん》です。自由学園とは、1921年（大正10年）に羽仁もと子さん・吉一さんご夫妻が創設された女学校で、校舎の明日館は、帝国ホテル旧館を設計したフランク・ロイド・ライトの設計による建物です。学校法人自由学園自体は、都心を離れて、今も続いているそうですが、老朽化した明日館の建物は、重要文化財となり、修復されて、カルチャースクールや結婚式場として使われながら、保存、修理が進められています。

羽仁さんご夫妻は「婦人の友」という雑誌も創刊されました。これは長命な雑誌で、今も続いています。明日館の隣の建物が〝婦人の友社〟のビルです。

母は、この雑誌を若い時からずっと購読していました。亡くなる数年前からは、同じ会社の、老人向けの「明日の友」に切り替えましたが。この雑誌には、いろいろなことを教えられたそうです。母によりますと、あの「風と共に去りぬ」は、「婦人の友」誌上で、初めて日本に紹介されたとのことです。

私も、子供のころから、この雑誌を読み始め、いろいろなことを知りました。70才を過ぎてから画家として活躍し、101才で亡くなるまで、アメリカの国民的な画家だった〝グランマ・モーゼス（モーゼスおばあさん）〟を知ったのも、「婦人の友」誌上ででした。〝モーゼスおばあさん〟は熟年の星です。齢をとってからも、人間には、いろいろな可能性があることを教えてくれました。

甥たちは、「婦人の友」と母の関係など知らずに会場を決めたのでしょうが、期せずしてあの世の〝おばあちゃん〟を喜ばせることになったわけです。

37 運動神経まるで駄目

ゴルフだったらブービー賞かもしれない。小学生時代、運動会の徒競走では、いつも、ビリか、ビリから二番目だった。障害物競争で、二位になり、賞品にノートをもらったことがあるが、こういう番狂わせは一度だけだ。そんな私には、当然、運動会は楽しいものではなく、前夜には、もしそういうものがあるなら、雨ふらし坊主を窓辺につるしたいくらいだった。お昼の休みに家族全員で、筵の上に広げて食べる母の手作りのお弁当だけが楽しみだった。あの海苔巻の味は、母亡き今も覚えている。

運動は得意ではなかった。鉄棒の逆上がりも、とうとう出来ないままに終わった。反射神経も鈍く、前から来た人や物をとっさによけることが出来ない。

この頃、弟の自転車を借りて乗っていたら、川に落ちてしまったことがある。買ってもらったばかりの自転車の無残な姿を見て、弟はべそをかいたし、私は、川に落ちるときのショックで唇を噛み切り、熱をだして寝込んだ。それ以後、私は自転車に乗れなくなった。年頃になったが、家族全員の猛反対にあい、とうとう運転免許をとることはなかった。戸外での運動が嫌いなまま成長し、屋内での読書や書き物に没頭するようになり、天職と巡り合った。

運動が大の苦手だった私も、昨年から体操教室に通い始め、長距離の散歩も始めた。老いを目前にして、運動の必要性を感じたからだ。体操教室に通い始めたことにより、地元の同級生(?)ができた。また、家の近所にある公園は、小川が流れ、雑木林や薄の原があり、四季折々の風景を楽しみながら散歩することができる。散歩のおかげだろう、コレステロール値が下がった。いいことずくめだ。若い頃に、運動の良さが分かったらよかったのに、と思うが、体を柔軟にするのも、筋力を強くするのも、年取っていても大丈夫だ、と指導員の先生はおっしゃる。体得するまでに時間がかかるかもしれないが、遅すぎるということはないそうだ。散歩するのには、お金がかからないし、体操教室の授業料も決して高くはない。本当にいい時代だと、ここまで来て思う。

38 ニコライ堂、そしてアーネスト・サトウの奥さん

3月14日(土)、駿河台で行われた講演会に行きました。講演会が始まるまで少し時間があるので、近くのニコライ堂を訪ねてみることにしました。待っていると、ちょうど1時に扉が開き、信者の有志らしい女性が、私を含め数人の見学者のために、ガイドを務めてくださいました。

この女性は、なかなか綺麗な方でした。70代だろうと思います。細面で彫の深い顔立ち、銀髪をグレーのハンカチで束ね、やはりグレーの服を身に着けています。まるでシスターのようなたたずまいですが、シスターではないそうです。日本人のようで、洗礼名はソフィア(叡智を意味します)さんとのこと。感じのいい良く通る声で説明をしてください

ました。

説明をしている彼女に、先年亡くなられた、ストーリー・テラー、桜井美紀さんの面影を重ねてしまいました。ソフィアさんも、ある意味ではストーリー・テラーといえるかもしれません。

ニコライ堂は1891年（明治24年）に建立され、関東大震災で倒壊し、再建されたこと。その名称は、日本に正教会の教えをもたらしたロシア人大主教、聖ニコライにちなむこと。また明治時代に、ニコライの計らいにより、日本人女性として初めて、絵（イコン）の勉強に、ロシアに留学した山下りんのこと。彼女のイコン（聖画）は、ここニコライ堂にはありませんが、日本各地の教会にあるそうです。

また、ロシア正教は、キリスト教の中で、もっとも古い歴史を持つ一派であること。世界中のいろいろな国で布教をしているが、どこの国でも、その国の言葉で福音を伝えること。だからギリシアでは、ギリシア正教、日本では日本ハリストス正教会という名称になること、などなど。

そのほか、キリストのいろいろなエピソードや、教会とは、神の国を思うところ……など、気持ちのいい声の説明を聴きながら、燃える蝋燭の炎を見つめていると、ああ、信仰を持つのも悪いことではないな、と思えてきます。

それから、これは初めて知ったのですが、古代ローマ帝国の公用語はギリシア語だったそうです。ラテン語だとばかり思っていました。なぜギリシア語だったのかは、ソフィアさんに質問して、お答を聴きましたが、ちょっと複雑だったため、私には覚えられませんでした。

とても心が豊かになったような気がして、ニコライ堂をあとにしました。

その後に行った講演会も面白かったです。日本の英国大使館の歴史と、そこで暮らした歴代の大使夫人や、大使館で働いた女性たちの話です。講師は英国大使館で働く英国人女性と結婚した、日本人男性です。現在はライターをなさっているとのこと。奥様は結構偉い方だそうで、ご一緒に、二人のお子さんを育てられたそうです。大使館の敷地の中にお住まいです。

この方のお話で、明治時代に駐日公使を務めたアーネスト・サトウには、日本人の内縁の奥様がいらしたことを知りました。奥様の洋装の肖像写真が残っています。奥様やお子さんは、どういう一生を過ごされたのでしょう。

昔、日本に住んだ外国人男性の中には、日本人の内縁の奥様を持たれる方があったように聴きます。また、アーネスト・サトウの場合はどう

か分かりませんが、帰国する際、奥様やお子さんを日本に残すことも
あったようです。残された方たちの行く末が気になりました。
昨日はお勉強の一日でした。あ～！　面白かったです。

追記：　うれしいことをニコライ堂で知りました。ロシア正教では、神父さまは結婚できるのだそうです。それについて以前、左記のような映画を観たことがあります。

昔、南米かどこかのスペイン領の国で、神父さまと信者の女性が恋におち、逃亡を続けるのですが、とうとう捕えられて、二人は銃殺されます。実際に起こった事件のようです。なんとも辛い映画でした。ロシア正教では、このようなことはないのだと思うと、ほっとしました。

2015年3月15日記

39　今度は仕立て屋さん

1月31日に「繕い截つ人」という邦画が公開されます。

原作は池辺葵という人のコミックで、2011年発行です。

若い、職人気質の仕立て屋のヒロインと、その周囲の人々を描く静かなコミックです。

池辺葵さんのもう一つの作品「サウダーデ」は、喫茶店を経営する、やはり若いヒロインと、その周囲の人々を描いています。

OLではなく、自営の仕事をするヒロインは、目新しいような気がします。今は、自営業を目指す女性も多いのでしょうか？

「サウダーデ」も「繕い截つ人」もよかったです。

映画も観てみようかな？　でも、原作がいい映画って、がっかりすることが多いですね、どうしましょうか。

前の日記では、美容師さん、理容師さん、それにタクシーの運転手さんを取り上げました。今回は仕立て屋さんです。

仕立て屋さんの出てくるお話もいろいろあるようです。

グリム童話「勇敢なちびの仕立て屋さん」、それから日本では、山本ふさ子という人が書いた「狐の振袖」。これもいいお話です。仕立て屋のおばあさんが、狐の娘の花嫁衣裳を頼まれて、親狐に渡された色とりどりの紅葉をもとに、素晴らしい衣装を創り上げます。おばあさんの一世一代の仕事でした。たまたま、この作品をテキストとして取り上げている時に、ご見学にいらした方があり、即入会されました。この方のお父様は、仕立て屋さんでいらしたそうです。ちょっと話がそれますが、以前、仕立て屋さんをしていたという知人の男性に、「繕い截つ人」の話をしたところ、読みたいというので、貸してあげたことがあります。返す時に「面白かった」といってました。

この人は、以前、増田れい子さんのエッセイに、昔の仕立て屋さんの仕事場を描写した作品があるので、お話したところ、やはり読みたいといったので、貸しました。これも、なつかしくてよかったといってました。年配の男性にしては、好奇心があり、柔らかな頭を持っているのかな？と思いました。

（年配の男性の方、ごめんなさい。例外の方も多いと思います。）

もう一つ脱線しますが、ドーデーの「最後の授業」を取り上げているときに、ご見学にいらした方も、即入会されました。高校の英語の先生を退職されたばかりで、これもなにかのご縁だと思われたとのことでした。

仕立て屋さんで入会された方も、最後の授業で入会された方も、熱心な、いい生徒さんになって下さいました。

（2015年1月記）

40　グリーン・ノウの夏休み　そして扉を開けよう

今年の夏休みは、読書に夢中になった。読んだのは、ルーシー・M・ボストン作の「グリーン・ノウの物語シリーズ」。「グリーン・ノウの子どもたち」から「グリーン・ノウの石」まで6冊ある。一応児童文学のジャンルに入るのだろうが、大人が読んでも素晴らしい。書誌学者で作家の林望が英国のケンブリッジ大学で仕事をしていた時、下宿先が、この物語の舞台となった「グリーン・ノウの館」だった。館の本当の名前は「ザ・マナー」。林望の大家さんで、物語の作者、ボストン夫人は、当時91才だった。夫人は、このイギリス一古い、と言われる館を購入し、長い時間をかけて改造して、1990年、97歳で亡くなるまで、ここで暮らした。そして60代のころ、この6冊の物語を書き綴った。

館が建てられた1120年から現代（1950年代～60年代）までの「グリーン・ノウの館」の年代記とも言えるだろう。ただし、お話は年代順ではないが。

6冊を通じて、様々な時代を生きる少年少女たちが登場し、友情を温めあう。違う時代を生きる子供たちが交流するので、一種のタイムトラベルものと言えるかもしれない。中には不幸せな子どもたちも出てくるが、彼らはこの館に迎え入れられ、館と、ボストン夫人の分身とも思えるオールドノウ夫人との愛情に包まれて幸せになることが出来た。

シリーズ4作目の「グリーン・ノウのお客様」は、その年に出版された最高の児童文学に与えられるというカーネギー賞を受賞したそうだ。

この夏、私はこの物語にのめりこんだ。子供のころは食事を忘れる位、読書に熱中したものだが、それ以来と言えるかもしれない。そしてまた、この夏ほど、仕事に復帰するのが嫌だったことはない。そろそろ仕事の納め時かもしれない。これまでいた部屋の扉を閉めて、新しい部屋の扉を開く時が来たのかもしれない。

「ザ・マナー」は、ケンブリッジ郊外、ヘミングフォードグレイの村にあります。

41　大阪・京都かけある記「煙が目にしみる」

9月4日(金)5日(土)と2日間で、大阪・京都に行ってきました。

10月18日(日)に、東京、国立で朗読とジャズのジョイント・コンサートを行うことになりまして、その関係で、大阪に用事ができたのです。

コンサートは題して「煙が目にしみる」

ザ・プラターズの名曲のタイトルですが、大阪にお住いの久保田照子さんという91才の女性が、10年前に書かれたエッセイの題でもあります。

産経新聞関西版　読者投稿欄　「夕焼けエッセー」の　常連投稿者でいらっしゃる久保田さんが、2005年、終戦60年の節目の年に投稿されて、大賞を受賞された作品です。

「夕焼けエッセー」は、ほとんどの投稿者が、文章に関しては、アマチュアだと思います。でも、素敵な文章ばかりです。

制限字数600字のエッセーには、さまざまな人生が詰まっています。

5年分の投稿作品を集めた「夕焼けエッセー　まとめて5年分」という本が2009年に産経新聞出版から刊行されています。

関西でしか読むことの出来ないこの投稿欄ですが、私は、よく朗読しに行く、中野のお馴染みの店で、やはり、このお店の常連である、八丈島出身の「本のプレゼントおじさん」から、この本を贈られて読みました。

終戦直後の大阪の闇市で、上品で優しそうなおじいさんが、蓄音機を売っています。

若い娘だった久保田さんは、ほしくてたまらなくなり、おじいさんに声をかけます。

おじいさんは、ほほ笑みながら、久保田さんのわずかな所持金で、蓄音機を売ってくれました。

そして、焼け出されたので、レコードは1枚もないという久保田さんに、1枚のレコードまでつけてくれました。

それが、ザ・プラターズの「スモーク・ゲッツ・イン・ユア・アイズ」でした。

久保田さんは、4畳半のアパートの一室で、その曲を聴いて、言葉の意味は分からなかったのですが、泪がこぼれたそうです。

このエッセーを読んだ時、暗い闇市の一角に、ぽっと灯りがともるように思いました。

この作品や、「夕焼けエッセー」の数々の文章を読み、すっかり気に入った私は、朗読教室のテキストとして使い始めました。

そして、２０１１年に地元小金井で、朗読会を開く際、生徒さんたちとご一緒に、この本からたくさんの作品を読みました。好評でした。

そのあと、私のＨＰで、朗読会のことを知ったという大阪の橋本典子さんという方からメールが来ました。その方は「煙が目にしみる」の作者、久保田照子さんのご友人だとのことです。橋本さんを通じて、久保田さんとの交流が始まりました。そして、２０１２年には、大阪まで行って、久保田さんたちとお会いし、朗読を聴いていただくことが出来ました。私は、久保田さんの作品を、いつか「煙が目にしみる」の歌と一緒に、多くの方たちに聴いていただけないものかと考えました。

そして、友人の歌手、みうらまちこさんに話を持ちかけました。

彼女は、私の朗読を聴いて、涙を流しました。

二人は、協力して、いいコンサートにしようと話し合いました。

そして、終戦70年目の今年、12月8日の開戦記念日の直前にコンサートを予定していたのですが、会場の都合で、急遽、10月18日に行うことになりました。

まちこさんは、作者の久保田さんにお逢いして話を聴きたい、それに、この企画を、産経新聞社さんに話してみようといいます。

橋本典子さんに連絡して、お二人に9月4日にお会いすることになりました。

また、久保田さんたちとの会見のあと、産経新聞大阪本社にうかがって、文化部長さんと、「夕焼けエッセー」担当の記者さんとお話しすることになりました。

それに大阪公演のことも考えて、会見のあと、心当たりの会場を、見に行くことにもなりました。

早朝に東京を発って、一日に三件の用事をこなすハード・スケジュールとなりましたが、二人とも、ふうふういいながらも、なんとか1日の予定をこなし、寝につくことが出来ました。

翌日は、宿泊先の京都で、まちこさんの知り合いの着物デザイナーの方とお会いして、お昼にお蕎麦をいただきながら、しばらくお話しました。

この時、念願のにしん蕎麦を食べることができました。

そのあと、京都高島屋で、まちこさんが大好きなアーティストの方の展覧会を観た後、私は帰京し、まちこさんは、故郷の大分に向かいました。

あ〜忙しかった！

でも、収穫の多い旅でした。

大阪公演は、12月13日に決まりました。

久保田照子さん、橋本典子さん、ありがとうございました。

再会できてうれしかったです。

産経新聞大阪本社の編集局文化部部長、藤浦淳さん、「夕焼けエッセー」ご担当の記者、尾垣未久さん、それに写真報道局の柿平博文さん、大変お世話になりました。どのような記事を書いてくださるのか、楽しみです。

◆【夕焼けエッセー】歌と語りのコンサート「煙が目にしみる」東京と大阪で公演　感動を伝えたい

読者から投稿を募っている本紙夕刊連載「夕焼けエッセー」の作品に魅せられた東京の朗読家、佐藤啓子さんが、友人のジャズシンガー、みうらまちこさんとジョイントしたコンサート形式の朗読会を東京と大阪で開催することになった。佐藤さんは「作品を読んだときの感動を多くの人に伝えたい」と話している。（尾垣未久）

佐藤さんは40代から朗読講師に師事。10年間の訓練と勉強を積んで、現在は東京を中心に朗読会や朗読講師としての活動を行っている。平成21年に出版された「夕焼けエッセー～まとめて5年分～」に掲載された

歌と語りのイベント「煙が目にしみる」を開く朗読の佐藤啓子さん（右）とジャズ歌手のみうらまちこさん

17年度年間大賞受賞作「煙が目にしみる」＝久保田照子さん（92）作、別掲＝に感動して、自らのレパートリーに加えたという。

「煙が――」は、終戦後間もなく大阪の闇市で購入した手巻きの蓄音機と、1枚のレコードの思い出を書いたエッセー。レコードから流れる同題の曲を聴いて涙した、若かりし当時を振り返っている。

「レコードを買った当時は分からなかった英語の歌詞の意味を、筆者が知った場面を思い浮かべると、いつ朗読しても胸が熱くなるんです」と佐藤さん。

ジョイントするみうらさんは、横浜を中心に活動。佐藤さんとは10年来の知己で、互いの感性に共感し合い、これまでにもステージを共にしてきた。佐藤さんの「煙が―」の朗読に感銘を受け、今回のコンサートが実現した。みうらさんは「過酷な環境の中でこれからを生き抜くための曲を得た瞬間に共感でき、感慨深い。コンサートを通じて、自分を引っ張ってくれるものとの出会いを意識してもらえたら」と話す。

作者の久保田さんは「10年前のエッセーがこんな形で披露されるのは奇跡だと感じます。90歳を超えた今、大きな生きる励みになります」と喜んでいる。

公演では「煙が――」ほかもう1作品と自作の物語「妓王」の一節を朗読。東京公演は18日に国立市の喫茶店「白十字」で。大阪公演は12月13日、大阪市北区のライブハウス「Mister Kelly's」。いずれも問い合わせと申し込みは佐藤さんか、みうらさんまで。

◇

「煙が目にしみる」　久保田照子

私が初めて外国の音楽を身近に聴いたのは60年前の終戦の年である。商人の街・大阪人はあちこちで早くも闇市で物を売り始めた。

住吉神社の境内にも、お金さえあれば欲しいものが買える商品が地面に並べて売られていた。私がいつも足を止めて、じっと見ている商品は手巻きの古い蓄音機だった。

品のよいおじいさんが客の来るのを待っている。まさか私のような小娘を、客とは思わなかったのか無視されていた。思い切っておじいさんに声をかけた。「その蓄音機なんぼするの」「なんやこれ欲

鶴橋「ミーティング」にて
前列左より　久保田照子さん　佐藤啓子
後列左より　みうらまちこさん　橋本典子さん

しいんか。そやな、娘さんいくらやったら買えるんや」

私は黙って布で作った巾着《きんちゃく》から、あるだけのお金を出して見せた。少し困った顔をしたが「よっしゃ、持っていき。レコードはあるんか」「空襲で焼けて何もない」

おじいさんは笑いながら一枚のレコードをくれた。ザ・プラターズの『スモーク・ゲッツ・イン・ユア・アイズ』だった。

家具も何もないガランとした部屋で、初めて聴いたのがこの曲である。歌の意味など何もわからないが、四畳半の壁にもたれて、繰り返し聴いているとなぜか切なく泪《なみだ》があふれた。

数年後この曲の詞を知った。「なぜあなたは泪ぐむ。そのわけは私には分からない。人は言うわ。恋をする人は皆いつだって寂しいと」

今年、60年目の夏がくる。（再掲）

（産経新聞関西版　平成27年（2015年10月15日㈭夕刊）

42 私の〝お酒〟放浪記

若い頃、私は、人と話すのが苦手でした。言葉のキャッチ・ボールができないのです。

お役所でアルバイトをしていましたが、飲み会に誘われても、なにか口実をもうけては、まっすぐ家に帰ってばかりいました。

ところが、ある小さな会社に就職して歓迎会の席で、一口飲んだとたん……心を縛っていた紐がほどけるような気がしました。舌も滑らかになりました。そして、佐藤さんは、のむと面白くなる、という評判になりました。飲み会に誘われると、嬉々として参加していました。いい人ばかりの会社でした。どんなことを話したのか、まったく覚えていませんが。

でも、こんな気のいい人ばかりの会社が、厳しい世の中で、うまくやっていける筈がありません。会社は、やがて傾いてしまいました。ほかの社員もそうですが、私も、再就職先を見つけるのに苦労しました。もう中年になっていましたし、これといった特殊技能はありませんでした。

それからしばらくは、楽しいことなどない日々が続きました。再就職先は小さい会社しかありませんが、小規模の会社には、大企業に勤めている方にはとても想像できないことがいろいろあります。そのため、就職は難航を極めました。

そして、サラ文に入会しました。飲み会に参加して、びっくり。仕事を離れた趣味の集まりは、こんなに楽しいのか、と思いました。また、お酒が飲めるようになりました。そして、舌が滑らかになりました。佐藤さんは、お酒が入ると面白いとまたいわれるようになりました。そして、数年間、楽しい日々が続いたのですが……。

今度は、めまい持ちになったのです。少したくさんお酒を飲むと、めまいっぽくなります。めまい持ちの方は多いので、お分かりになっていただけると思うのですが、めまいっぽい時、歩くのは、本当に怖いです。道を歩いていても怖いですが、電車に乗ってる時、とくにホームを歩く時が、一番怖いです。ホームの端から落ちないだろうか、入ってくる電車に触れてしまわないだろうか……。

お医者様からめまいの頓服をいただいて、いつも持ち歩いています。幸い、ひどいめまいには、今のところ襲われていません。

また、お酒が飲めなくなりました。時々、お酒を、一杯注文して、ちょっとだけなめてみますと、ああ美味しいなあ、と思います。また、飲めるようになりたいなあ、と思うのですが、どうなりますか。

それに、また話下手になりました。最近知り合った方たちは、私の事を、なんて固い、つまらない人だろうと思っていらっしゃるでしょうね。お酒が飲めた頃の私を見せてあげたいものです。

43 即興詩人

先ほど、手元に、一冊の本が届きました。画家の安野光雅さんの「口語訳 即興詩人」です。安野さんは、この本を、五年かけて完成されたそうです。

19世紀のイタリアを舞台にした、即興詩人、アントニオの恋の物語です。原作は、アンデルセンですが、昔、森鷗外の文語訳が一世を風靡し、今も、年配の人たちの間には、熱狂的なファンがいるのではないかと思います。

今年は、鷗外の生誕150年にあたるということもあり、出版されたのでしょうが、安野さんは、お若い頃から、鷗外訳の「即興詩人」が、大好きだったそうです。そして、文語文の難解さのため、現代では、読む人が減っているのを惜しみ、ご自分で口語訳に挑戦されたようです。これを読んでから、文語訳を読んでみてください、ということなのでしょう。

私の母も、女学生の頃、この「即興詩人」が大好きだったそうで、よく、「綺麗だった……」と、うっとりするように話していました。そのため、私も読みたくなり、若い頃、読んでみました。たしかに、とても美しい文章なのですが、当時の私には、難しく、全部は読みきれませんでした。

数年前に、やはり、安野さんのご本、「青春の文語体」が出ましたが、この中に、「即興詩人」の何箇所かが、引用してあります。そのうちの「蜃気楼」の美しさには、感動しました。当時、認知症で、施設に入っていた母のところに、この本を持って行き、「蜃気楼」の部分の拡大コピーを見せながら、朗読しましたところ、母は、「綺麗だ……懐かしくて涙が出る」

とつぶやきました。母は、昨年の夏に逝きましたので、良い思い出になりました。

北村薫さんの、昭和の初めの、お嬢様探偵が活躍する、連作ミステリーを読みますと、当時の女学生の間で、「即興詩人」が愛されていたことが、よく分かります。昭和の初めには、母も、女学生でしたので、私は、とりわけ、興味深く、読みました。母が好きだったという、ゲーリー・クーパーも、やはり、当時の女学生の間で、人気だったのだと分かりました。

さて、それでは、これから、「口語訳　即興詩人」を読んでみましょう。そのあとで、鷗外訳の「即興詩人」に、ふたたび、挑戦してみるつもりです。

2012年記

44　なつかしい先生たち

朗読の仕事をするようになってから、何回も朗読会を催しました。有料の朗読会をする際には、読む作品の作者におことわりをしなければいけません。最初のころは、新聞のコラムになっている作品を読むことが多く、まだ本になっていないものばかりなので、新聞社に電話して書き手の連絡先を訊きました。佐野洋子さん、道浦母都子さん、久田恵さんなど、女性の方が多いです。

絵本作家、エッセイストの佐野洋子さんの連絡先は、新聞社の方も分からないとのことですが、「谷川俊太郎さんの連絡先なら分かります」ということで教えていただきました。

佐野さんと谷川さんは、一時、一緒に暮らしていらしたようで、その事情は、新聞社の方もご存じだったみたいです。

電話すると、谷川さんご本人が電話を取られました。

「あの人なら、この時間は、ここにいるでしょう」ということで、教えていただいた番号にかけますと、今度も、佐野さんご本人が出られました。私の話を聴くなり、「ありがとう、ありがとう」それで終わりでした。あのお声とユニークな話し方は、今も私の耳に残っています。

エッセイスト、久田恵さんの場合は、お留守らしいので、留守電にメッセージを残しておきました。数日後、帰宅したら、私の留守電にメッセージが入っていました。どうぞお使いください、ということでした。

歌人の道浦母都子さんは、新聞社で電話とFax共通の番号を教えてくださったので、お願いしたいことをワード入力し、印字した紙をFax

しました。すると、Faxがまだ届ききっていないうちに、道浦さんが電話に出られました。私が事情を話すと、「それでは、いったん切りますので、どうぞFaxなさってください」とのこと。Faxが届いたと思われる頃、道浦さんから電話がかかってきました。「うれしいわ、私の作品を朗読していただけるなんて。それに、あの文章は、自分で一番気にっている文章なんです」続けて「東京に住んでいたらぜひ聴きに行きたいのですが……」道浦さんは、裏日本にお住まいなのでした。

次は男性で、上田和夫先生。小泉八雲作の「耳なし芳一のはなし」の訳者です。やはりFaxを送ったのですが、すぐにお返事があり、快く許してくださいました。その後、朗読会のチラシを送りましたが、なんと、朗読会当日、本番前に楽屋にご挨拶に来てくださったのです。まったく予期していなかったことなので、私は、とても緊張してしまい、先生へのお返事も、しどろもどろ、その上、すっかりテンションが上がって、朗読の出来は、さんざんなものでした。でも、それから数年後に、「耳なし芳一のはなし」をCD化する際、また連絡しましたところ、今度も快く許してくださいました。「そのかわり、CDを1枚進呈してください」とのことで、2枚送りました。上田先生とは、その後も、年賀状のやりとりを続けています。

それから平川祐弘先生です。先生のご著書「小泉八雲　西洋脱出の夢」は、日本や世界で小泉八雲・ラフカディオ・ハーンブームを引き起こすきっかけになりました。この本を読んで、私は本当の小泉八雲と知り合うことが出来ました。朗読したくなる文章がたくさん入っています。

先生は、学者ですが、とても心の温かい方で、この本を読むと、八雲を愛し、理解していらっしゃることがよく分かります。お許しを願うFax

にも「先生の御作は、理知と情、二つながら兼ね備えた名著だと思います」と書き添えました。すぐお返事のFaxが来ました。

「今、仕事で地方に来ていまして、当分、ここから動くことができません。東京にいたら駆けつけるところなのですが、残念です。ご盛会をお祈りいたします」とのことでした。

84才でいらっしゃるようですが、どうか、お元気で長生きしていただきたいものです。これからも、いいお仕事をなさってください。

また、以前、七人の女性作曲家の方たちのコンサートで、朗読を頼まれた際、私は「祝婚歌」などで有名な吉野弘さんの詩を読むことになりました。この時は、担当の作曲家の方が先生に電話されたそうです。もちろん、許してくださいましたし、先生は、とても感じのいい方だったとのことです。

直接、作家に連絡しなくても、日本文芸家協会というところがあって、そこのリストに載っている作家には、協会を通じて申し込むことが出来ます。でも、リストに載っていない方も多く、その場合は、出版社に連絡先を訊くのですが、出版社で許可してくださることもあります。

書家の篠田桃紅さんの場合は、「高齢でお具合があまりよくないため、ご家族は、今、大変だと思います。私どもで許可いたします」とのことでした。

また、エッセイスト、熊井明子さんの場合は「熊井さんの「私の部屋のポプリ」から数篇読みたいのですが」といいますと、出版社の方は「私の部屋のポプリ」が朗読に使われるなんて初めてです。当方で許可します。熊井さんも聞かれたら、とても喜ばれると思います」と、うれしいお言葉でした。

短い時間ではあっても、いろいろな方たちと親交を結ぶことができました。今は、もうこの世にいらっしゃらない方もあります。なつかしい先生たちです。

45 GIFT

数年前、あるジャズ歌手の方と組んで、朗読&コンサートを行いました。東京と大阪での二回の公演です。

私が発案し、歌手の彼女に話を持ち掛けました。彼女は、いい企画だと喜びました。そして、この企画を、某新聞社に話したらどうかといいます。朗読するのは、この新聞社の関西版に載っている読者投稿欄のエッセーだからです。

そこで、新聞社にメールしたところ、結局、二人一緒にインタビューを受けることになり、関西版で、写真入りの大きな記事にしてくれました。

おかげで、大阪での公演には、多くの方が来てくださいました。また、東京公演に先立ち、前宣伝も兼ねて、その歌手の方の歌の教室の発表会で、朗読することになりました。読み物は、ジャズの教室の発表会なので、「ニューヨークの魔法」という文春文庫のベストセラーから、いくつかのお洒落な話を選んだのですが、歌手の方は、それを作者に知らせたらどうかといいます。

そこで、「ニューヨークの魔法」の作者、岡田光世さんに知らせたところ、来てくださる、とのことです。前もってお知らせがありましたので、岡田さんを、お客様たちに紹介することができました。岡田さんは、ご自分の作品を、プロが朗読するのを聴くのは初めてだそうで、とても喜ばれました。

発表会なので、その時の様子は、ＤＶＤに録画されていました。岡田さんの許可を得て、その動画をユーチューブで公開したところ、岡田さんが、ご自分のブログで紹介してくださいました。おかげさまで、大勢の方に観ていただけました。

私の才覚では、この企画を新聞社に知らせることや、作品を朗読することを、作者に知らせることなどは、思いつかなかったかもしれません。

この二つは、歌手の彼女からのＧＩＦＴ（贈り物）だと思います。

人のために、いいことをすると、いずれ、それは自分に跳ね返ってくることを彼女は知っているのだと思います。そして、そういう知恵を持っている彼女は、ほんとのＧＩＦＴ（才能）を持っているといえると思います。

いつの日か、彼女に、素晴らしいいＧＩＦＴが届きますように。

46　悪相

英国旅行の際立ち寄った湖水地方の町、アンブルサイドの書店主。アンソニー・ホプキンス（英国人俳優）か、モリアーティ教授（シャーロック・ホームズの宿敵）か、といった顔をしている。目つきがものすごく鋭い。

この人、一体、顔つき通り悪い人なのか、それとも中身は普通の人なのだろうか？と考えながら、じっと見つめていると、視線を感じたのか、ギロッと目をむいて私を見たので、あわてて店を飛び出した。

外見通りの悪人か、それとも中身は、普通、あるいは善良な人なのか？と考え込んでしまったのには、わけがある。

池波正太郎の「剣客商売」の一篇に一人の男が登場する。仕事は金貸しで、ひどい悪相の持ち主だ。中身はかなりの善人なのに、いかにも悪辣な高利貸し、といった顔をしている。そのために誤解され、とうとう無実の罪で処刑されてしまう。

処刑直前に「剣客商売」の主人公、小兵衛がこの男と会って、話を聴き、男の命を救うことはできなかったが、無念を晴らしてやることができた、というお話だ。

これを読んでから、悪相の人を見ると、つい考えこんでしまうようになった。

我が家の近所の、ある店の御用聞きさんは、なんとも気味の悪い目つきをしている。母も「あの人は変質者のような目をしている」と言っていた。

だが、この人は、そのお店に、もう15～6年は勤めているはずだ。その間、近辺で、その種の事件が発生したような話は聞いたことがない。では、この人も「剣客商売」の金貸しのように、顔と中身が違うのだろうか？　単なる悪相なのか？

ここでまた、英国の書店主の話に戻るが、もし、もう一度、アンブルサイドに行くことがあったら、あの書店に立ち寄ってみよう。そして今度は、書店の近くの住人たちに、書店主の評判を聞いてみたいものだ……とまあ、そこまでのエネルギーはないか？

追記：知人によると、アメリカ映画では、悪役は、イギリス人俳優が演じていることが多いそうだ。イギリス人には悪相が多いらしい。また、そういう顔の人が、接客業に就いているのは珍しいので、目立ったのだろうということだ。

47「渚にて」を読みました

「渚にて　人類最後の日」を読みました。

イギリス人作家、ネヴィル・シュートの近未来小説です。

（1957年初刊）

第三次世界大戦が起こり、核によって北半球は壊滅します。

「死の灰」は、徐々に南半球にも到達し、人々は、死を覚悟します。

大体の滅亡の日はわかっているのですが、少し時間があります。

人々は、死を意識しながらも、静かに日常を送ります。

好きだったレーシングカーを完成させ、レースに出て、優勝することを目指したり、行きつけのクラブが蓄えていた極上のワイン類を、在庫がなくなるまで飲み続けたり、花壇に花を植え、手入れをし、もう見る人がいなくなるということを忘れて、夢を見たりするのです。

日々の仕事も、静かに着々と続けられます。

最後の日々を、静かな恋で過ごす二人もいます。

やがて、とうとう、その日が来て、人々は、死を迎え入れます。


静かな終末感が漂う小説です。


このところの猛暑は、日々、最高気温を記録しています。

この暑さは、年々、増していくのではないか？

それに、〝未曽有〟の大災害も、頻繁に起こり、もう〝未曽有〟とはいえなくなるのでは？

地球の温暖化は、もはや人類の手では止められないのでは？
人類は、もう長くは続いていかないのでは？

私自身、老境に入りました。
私には、子供がいませんので、死んだら、世界は終わりです。
「渚にて」では、人類が死に絶えても、自然は残り、放射能が消えたら、
また、なんらかの生物が現れるだろう、ということになっています。

この小説に引き込まれてしまいました。
一気に読み上げました。
こんなに読書に集中したのは、久しぶりです。

48　吹き寄せ

昨日の午後、ゆうパックで、お菓子が配達されてきました。
以前、生徒さんだった方からです。
綺麗な和の包装紙に包まれた、綺麗な缶に入っています。
開けてみて、心がぽっと和みました。

「富貴寄せ」という和菓子です。
明治から続く老舗のお菓子のようです。
小さな銀杏や紅葉の形をしたおせんべいや和三盆が、缶に一杯、あふれるほど……。

ほんとは「吹き寄せ」というらしいのですが、縁起のいい当て字をしてるのでしょう。

送り主の方（女性）は、ずっと以前、私のある教室の生徒さんでした。

教室がなくなってからも、朗読会のお知らせを送ると、必ず来てくださいます。

今までのお礼の気持ちを込めて、彼女に、新作のＣＤを送りました。

そのお礼です。

お手紙も入っていました。

素敵なＣＤを、ありがとうございました。

先生の温かいお声に聞きほれています。

どうか、お元気で……。

と書いてあります。

このような方がお一人でもいらっしゃると、20数年間、仕事を続けてきてよかった、と思います。

昔、ある教室で、テキストに使った増田れい子さんのエッセイに、「吹き寄せ」が出てくるお話があります。

目立たない仕事をこつこつと続けてきた、おせんべい屋さんのことが書いてある、いいエッセイです。

私は、子供のころに「吹き寄せ」を見、食べた記憶があります。その教室の方々は、知らないとおっしゃるので、ずいぶん歩き回って探しました。

その当時は見つかりませんでしたが、今、元生徒さんのおかげで、対面することができました。

世の中の隅に、吹き寄せられて集まった小さな葉っぱたち、なんだか私たち庶民のことを言っているみたいです。

49　ナイン・テイラーズ

皆様、明けまして、おめでとうございます。
2019年の幕開けですね。
今年も、よろしくお願いいたします。

大晦日の夜、読み終える予定だったミステリがあります。
ドロシー・L・セイヤーズ（1893〜1957）の「ナイン・テイラーズ」（1934年刊）です。

大晦日の夜、イースト・アングリアの小さな村を通りかかったピーター・ウィムジー卿の車は、大雪のため、動かなくなります。従僕のバンターとともに、必死に作業をするのですが、とても無理。そこで、近くに人家を見つけ、助けを乞います。

一夜の宿を、村の牧師館で過ごすことになり、やっと、車を救出する目途も付いたのですが、村の人たちは、困っていました。

インフルエンザが猛威を振るい、大晦日から新年の朝までに教会の鐘を鳴らす人員がそろわないのです。たまたま、転座鳴鐘術を知っていたピーター卿は、久々に鐘綱を握ります。

翌朝、豊かな時間を胸に、出立する時には、再訪することなど考えてもいませんでした。

ところが、春がめぐる頃、教区教会の墓地に見知らぬ死体が埋葬されていたと告げる便りが舞い込みます。名探偵、ピーター卿の謎解きが始まりました。

除夜の鐘が鳴り終えるまで起きていられない早寝の私は、それまでに、この本を読み終えていました。日本の除夜の鐘を聴きながら、英国、イーストアングリアの教会の新年を告げる鐘の音を本の中で聴く……という贅沢は経験できませんでしたが、豊かなひと時が持てました。

大作です。

ずっしりとした重みで、手ごたえがあります。

名作といわれるのは分かります。

現代のミステリと比べると、ちょっと難しいかな？　とは思うのですが、古典ミステリファンの方は、挑戦してみたらいかがでしょう。

50　少年探偵団の歌

私のおじ（故人）は、若い頃、江戸川乱歩（1894（明治27）年〜1965（昭和40）年）と同僚だったそうです。乱歩の本名は平井太郎、勤め先は、鳥羽造船所電気部だったとのこと。

学生のころ、退職して三鷹に住んでいたおじを訪ねて行くと、時々、乱歩の思い出を話してくれました。乱歩は、よく仕事をさぼって、寮だか下宿だかの部屋の押し入れにこもっていたそうです。おそらく書き物をしていたのでしょう。

乱歩はのちに、大人向けの推理小説や「少年探偵団」を世に出し、高名な作家となります。

私は、我が家の近くのグループホームに、時々、朗読ボランティアで行きますが、ある時、「少年探偵団」を読みました。朗読の合間に、乱歩とおじのエピソードを話したり、池袋で公開されている乱歩の旧邸を訪ねた話をすると、入居者の方たちは、とても喜ばれました。

そして、ドラマ「少年探偵団」のテーマのはじめの方を、ちょっと口ずさみますと、皆さん、一斉に、声を合わせて大合唱になりました。

ぼ・ぼ・ぼくらは少年探偵団　勇気凛々　瑠璃（るり）の色
望みに燃える　呼び声は　朝焼け空に　こだまする
ぼ・ぼ・ぼくらは少年探偵団

うれしそうに、幸せそうに歌われます。私も、一緒に歌い、幸せな気持ちになりました。

「少年探偵団」は、１９３６（昭和11）年、雑誌「少年倶楽部」に連載され、のちにシリーズ化されました。戦後は、ラジオやＴＶドラマ、それに映画化もされ、子供たちに熱狂的に愛されました。「少年探偵団」の本は、今でも愛されているようです。

51　あるレイニー・シーズン

今日は、6月1日、梅雨の始まりかな、曇っています。

もう二昔前になるでしょうか、ある年の6月、朗読教室を始めて間もない頃、個人教授の依頼が来ました。

中央線の〇〇駅近く、ピアノの練習場として使われている古い家が会場です。会場は、依頼主の女性が借りてくれました。

習い事の発表会で、司会を頼まれたため、短期間でナレーションがうまくなりたい、とのご希望です。

私は、彼女の癖を取り除いて、誰にも聞きやすい、素直なナレーションになるように、との方針で指導しました。

そして、個人教授第一号でしたので、指導料は、相場よりかなり安くしました。

悪いと思ったのでしょう、彼女は授業が終わると、お茶や食事をご馳走してくれました。彼女がよく行くというスナックにまで連れて行ってくれました。その当時は、カラオケが趣味の一つでしたので、私も楽しく歌いました。

でも、その帰りに彼女は「このお店には、もう来ない方がいいですよ」といいました。路地の中にある小さなお店でしたが、彼女がなぜそういったのかは分かりません。そのお店には、その後行ったことがありません。

数回の授業が終わったあと、お礼と報告の手紙が来ましたが、その方には、それ以来、お会いしたことがありません。

この授業は、依頼主の都合で、私の常設教室のあとの時間に設定されましたので、それまで、少し、時間をつぶす必要がありました。雨の季節でもあり、よく駅前の古書店に入り、棚の本をながめたものです。

そこで、ある日、英国の翻訳ミステリを見つけました。単行本でしたが、かなり安くなっていました。英国の古いミステリが好きな私は、しばらく考えてから、買うことにしました。

家に帰ってから読んでいると、本の間にはさんである出版社からのお知らせの栞を見つけました。

その栞には、あるミステリファンのグループのことが書いてありました。まだ翻訳されていない、いろいろな国のミステリを紹介する同人誌を発行していて、多くの同人がいるとのことです。私は、便りを出して同人となりました。

すごい方たちばかりで、私なんかは、小学生か中学生レベルでしたが、ドイツやイタリアなど、とても読めない言葉の国の作品の紹介も楽しみました。例会にも、二三度、参加しました。

何年か後に、年会費のお知らせが来なくなり、間もなく、会長さんが亡くなられたことを知りました。

梅雨の季節の二つの出逢い……6月が巡りくると、思い出します。

52　初詣とお賽銭

明けましておめでとうございます。

2日に西新宿の成子天神に初詣に行きました。

成子天神の近くで、月に一度行われている集まりに、もう20年来通っています。

会場には、天神様の中を通り抜けて行けます。

都市計画で、あたりの様子はすっかり変わり、それに合わせてでしょうか、天神様の境内も、綺麗に整備されました。

そこには、福禄寿や布袋様、弁天様などが祀ってあります。

ちょっとしゃくにさわるのは、以前は、お賽銭箱は一つだけだったの

に、改築後は、それぞれの神様の石像の前に一つずつ置かれてあること
です。
なんと、がめつい！
ここの初詣は、ほんとに初めてです。
まず、本殿のお賽銭箱に１００円入れました。
家族全員、ペットまでの幸福と健康をお願いするのですから、それく
らい入れないと、神様に悪いと思って……。
あと、それぞれの神様には、お願い事を一つずつしました。
福禄寿には、金運と健康を（あら二つですね）
布袋様には、やはり金運を。
弁天様には芸事（朗読）の上達を。
木花咲耶姫には、母のように、おばあさんになっても綺麗でいられま

すようにと。（綺麗なおばあさんは、好感を持たれるように思います）

そして、それぞれ10円ずつ入れました。

寿老人には、なにもあげませんでした。

あまり長生きしたら、老年破産が怖いですから。

朝早く行ったので、参拝の方は少なかったです。

そこで、チャンスとばかり、境内の富士塚に登ってみようと思い立ちました。

途中まで登りましたが、頂上近くに「高齢者と幼児は、これより先は登らないように」と掲示してあるのを見て、はたと、骨粗しょう症であるのを思い出し、下山（？）しました。

午前中に帰宅することができました。

53 イングランドの旅（2014年6月）

アーサー王の夢

最初は、コーンウォールまで行くつもりだったのです。アーサー王が生まれたとされているティンタジェルの古城の廃墟で「アーサー王の物語」の一節を朗読しようと思っていました。聴き手はゼロでもかまわない、海と風と古城が聴いてくれれば……と考えていました。仮にも朗読を仕事としている身の私にとっては、壮大でロマンチックな夢でした。

ところがコーンウォールまで行く時間が取れなくなりました。それで次善の策として、グラストンベリーまで行き、12世紀にアーサー王と王妃ギニヴィアの遺骨がみつかったという記録の残る修道院の廃墟の、王の墓の前で物語を読むことにしました(王たちの遺骨は、その数年後に消え失せたとのことです)。

ところが、ところが、グラストンベリーまで行く時間も取れなくなりました。そこで、窮余の一策、ウィンチェスターの大ホールの壁に架けてあるアーサー王とその騎士たちの円卓の下で朗読……ということにしました。円卓は、本当にアーサー王の時代のものではなく、後世の人が作った偽物と、今では分かっていますが。円卓の近くにいるほかの観光客たちの迷惑にならないよう、ぼそぼそと小声で朗読しました。岩波文庫のブルフィンチ作　野上弥生子訳　「中世騎士物語」の一節です。

壮大な夢がだんだん萎んで行く様子は、人生そのもの……などと悟りきるにはまだ早い、これからも、ロマンチックな夢を追い続けますよ。

アルフリストンの喫茶店にて

２０１０年に発行された「ロンドンから南へ。日帰りで訪ねる小さな田舎町」（ダイヤモンド社）という本があります。今回、イングランドを旅するにあたって、ずいぶん、参考にしました。そして、旅にたずさえて行きました。

ある日、その本に典型的なイングリッシュ・ヴィレッジとして紹介されているアルフリストンに立ち寄りました。お天気のよい昼下がり、ちょうど喉がかわいてきたころ、「バッジャーズ・ティーハウス "Badgers Tea House"」の前を通りかかりました。「ロンドンから……」の53Ｐに写真入りで紹介されているお店です。有名店みたいなので、入らない方がよいかな？　つまらないのでは？と思ったのですが、なんとなく入ってしまいました。

このお店の庭で飲むお茶が売り物らしいのですが、こじんまりとした庭は、すでにお客様で満員です。それに日差しも少々きついので、室内に入りました。ここもこじんまりとした部屋ですが、テーブル席は、まだ空いていました。地元の方たちでしょうか、年配の紳士・淑女たちが数人、一つのテーブルを囲んで座っていらっしゃいます。やがて、綺麗なウェイトレスさんが、注文を取りに来ました。私は、もう何度もイギリスに来ていますが、いまだにアフタヌーン・ティーなるものを試してみたことがありません。思い切って注文してみました。運ばれてきたのは、スモークサーモンのサンドイッチ、スコーン、それにヴィクトリアン・スポンジでした。もちろん、ポットに入ったお紅茶もきました。

お紅茶をすすっていると、黒い服を着た、格好のいいヤングミドル（こういう表現あるのでしょうか？）の男の方がやってこられました。本の写真で見ていたので、ここのご主人だと分かりました。ご主人は、私を見て、「日本の方ですか？」と話しかけてこられました。「はい」と答えますと、「僕たちは、日本の方から取材を受けたことがあるのですよ」とのこと。私は、思わず「ロンドンから……」の本を持ち上げ、このお店が紹介されているページを開いて「これですか？」と言っていました。

ご主人は、本に目を近づけて、このお店の庭で給仕しているご自分の写真を見られました。そして、「ハ、ハ、ハ」と軽く笑われ、「この頃は、僕、まだ髪が多かったですね」と言われました。取材当時、結婚されたばかりだった奥様や、アフタヌーン・ティーのセット、そしてお店の外観の写真もあります。

ご主人は、このお店について書いてあるところを訳して聴かせてください、と言われました。私は、拙い英語で一生懸命に訳しました。このお店の緑豊かな庭でお茶をいただくと、とても気持ちよい、そして〝ジャストマリード〟のお嫁さんも、かいがいしく働いている……。

〝ジャスト・マリードのお嫁さん〟のところで、ご主人は、心の底からうれしそうに笑われました。この本が出てから数年たっていますが、どうやらご主人の奥様への愛情は、消えていないようです。あいにくこの日は、奥様は外出中とのことで、お会いできませんでした。

お別れするとき、ご主人は、このお店の絵葉書を何枚かくださいました。あとでそれを見てみますと、お店の壁に、イギリスの名作童話〝Wind in The Willows〟(邦題　「たのしい川辺」)の一節らしき文章が書いてありました。「たのしい川辺」にはアナグマ(Badgers)が登場します。このお店の名前は、このあたりに由来するらしいと分かりました。

それにしても、このご主人、この本を、今日初めてごらんになったようです。著者の方も出版社の方も、本を送ってあげなかったのかな？　とちょっと不思議に思いましたが、考えてみると、この本に取り上げられているお店はとても多いです。お店全部に送るとなると、送料も手間も大変なので、無理かもしれません。私も、これからの旅に必要なので、プレゼントすることはできませんでした。心を残しながら、お店を後にしました。

私のサセックス

◆永遠に跳び続けるエルシー

若い頃、エリナー・ファージョンというイギリスの女性作家と出逢いました。サセックスを愛し、そこに住んで、そこを舞台にした物語を書いた人です。「リンゴ畑のマーティン・ピピン」など大好きでした。今回のイングランド旅行では、彼女の物語に出てくるサセックスの緩やかな丘陵地帯、サウスダウンズを訪ねてみたいと思いました。

Lewese に行きました。古いお城があります。石造りの素朴なお城です。狭い階段を、ふうふういいながら上がり、やっと見晴らしのいいところへ出ました。わ〜！　目の前にサウス・ダウンズが広がっています。なだらかな起伏が、ずっと続いていて、眺めていると、なんともいえず気分が穏やかになります。

ふと見ると表示板があります。お城の、今私が立っている所から見えるサウスダウンズの丘丘の地名が略図と共に書いてあります。読んで行くと、Mt.Caburn という地名が出てきました。アッ、これ、もしや……そう、ケーバーン山です。ファージョンの作品集「ひなぎく野のマーティン・ピピン」の一話「エルシー・ピドック夢で縄跳びをする」に出てくる山で、山というよりも丘です。妖精たちに縄跳びを伝授されたエルシー・ピドックという縄跳び名人の少女が、生まれ育ったサセックスの少女たちのこよない楽しみ、縄跳びをする特別の場所、ケーバーン山を意地悪な地主の手から取り戻すため、この山の上で、永遠に跳び続ける……というお話です。このお話を、私は、訳者の石井桃子さんがご存命の頃、お許しをいただいて、朗読会で読んだことがあります。

あ〜！　懐かしいエルシー、ケーバーン山を目の前にして、私は感無量でした。

お城の物見台から降りて、階下にあるミュージアムに行きました。ミュージアムはお城の入り口にもなっています。二人の中年の女性が詰めていらっしゃいました。私は、女性たちに話しかけました。エリナー・ファージョンの「エルシー・ピドック」といいかけましたが、残念、作品の原題を覚えていません。ボディー・ランゲージも交えて、理解してもらおうとしたのですが、お二人にはどうも……仕方なくあきらめて受付カウンターのそばにあるトイレを拝借しました。トイレのドアを開けて外に出た途端、二人の女性のうちのお一人が、話しかけてこられました。

“Elsie・Piddock Skips in Her Sleep” エルシー・ピドックのお話の原題です。私は思わず、飛び上がって手をたたいてしまいました。私がトイレに入っている間に検索されたのでしょう。それからたどたどしい英語で、エルシーについて語り合いました。最後に、「サセックスは、長い間、私にとって夢の国でした。来ることができてうれしいです。また来たいと思います」といいますと、彼女たちは「またぜひいらっしゃい、待っていますよ」といわれ、私たちは、笑顔でお別れしました。忘れがたい思い出になりました。

イングランドのお土産

○キルトのベッドカバー

アランデルの城門のすぐそばの公共の建物らしい家で、地元の人たちがいろいろなものを売っていました。売り手は老婦人が多かったです。目に留まったのは、キルトのベッドカバーでした。売り手のおばあさんの手作りらしいです。芸術品とはいえないかもしれないけれど、素朴な味わいがあります。どれも日本円にすると2千円台です。重くないので、お土産としていいのでは、と思いました。二枚にしぼって、どちらにするかで迷いました。一枚は、お花や植物、それに小鳥などの図案、もう一枚は、クリーム色の地に、キツネやうさぎの絵が描いてある布地です。どちらを選んでも、布団の上にかけて寝たら、サウスダウンズの夢が見られるかもしれません。どっちにしようか……随分迷いました。う～ん！とうなりながら考え込んでいたら、隣の売り場のおばあさんが、ほほ笑みながら見てました。結局、花や小鳥の柄の方を選びました。こちらの方がキルトっぽいと考えたからです。

○アンティークのペンダント&ビクトリア朝？の水彩画

ルイスで、アンティークのお店を見つけました。お店というよりも倉庫みたい。

二階建ての建物全体に、アンティークがいっぱいです。イギリスでアンティークのアクセサリーを買うのが夢でした。いろんな町の小さなアンティークショップでは、今までいいアクセサリーに出会えませんでした。建物の中を見て歩くと、アクセサリーもたくさんあります。奥の方にある鍵のかかったケースの中のアクセサリーが目に留まりました。ケースを開けてもらい、ペンダントとブローチを見せてもらいました。ペンダントは薄茶色の石の周りとチェーンがシルバーです。どんな服にも合いそう、値段は数千円です。もう一つは、ハート形の黄色い石が真ん中に入った矢の形のブローチです。やはり値段は数千円。どちらも値段から見て宝石ではないでしょう。気軽に使えそう。しばらく考えて買うことにしました。ほかの売り場も観てあるきました。実に多くのアンティークがあります。ふと目に留まったのが、絵です。額入りの絵が並べてある中に、古い小さな水彩画がありました。絵の下にEAST DEANと書いてあります。実在の場所の風景のようです。教会と森と丘の向こうに海らしいものが見えています。VICTORIAN?と書いた値札がついていて、値段は、7千円です。今までの半生で本物の絵を買ったことは、一度もありません。無名の方が描いたのかもしれないけれど私の眼にはなかなかいい絵だと思えました。それに、なんといってもVICTORIAN?です。ええい、思い切って買いました。それから先の旅では、アンティークのお店に入っても、なにも買えませんでした。

○キャンディーショップ

ライの町で、キャンディーショップを見つけました。飴玉ばかり透明なプラスティックのケースに入れて並べてあります。カウンターの場所を除くと、天井までびっしりです。どれにしようかな、とお店全体を見渡しました。梨とリンゴのキャンディー、西瓜のキャンディー、日本の手毬麩みたいな柄のキャンディー、包み紙に入っているタフィーや薄荷キャンディーなど様々です。梨とリンゴ、西瓜それにタフィーを買いました。どれも100グラム1ポンド（170円）です。旅行中持ち歩き、疲れると口に入れました。日本人好みの上品な甘さです。旅行中になくなってしまいました。もっと買って帰ってお土産にしたらよかったです。ほかの町にも、こういう感じのお店がありました。それほどお客さんが入っているとは思えないのですが、やっていけるのかな？　近郊に住んでいる方々（とくに小さなお子さんのある方たち）が、時々町に出てきてまとめ買いなさったりするのでしょうか？

○ヨークシャーティー

どこの町だったか忘れてしまいましたが、ヨークシャーティーを見つけました（ヨークシャーではありません）。さっそく買い求めました。日本に帰ってきてから毎朝飲んでいます。濃く出ますし、充分に美味しいです。しばらくは、イングランドの香りを楽しめそうです。

54　チャリングクロス街84番地　読書会にて

今日、地元の図書館で行われた読書会に参加しました。

テーマは「手紙」ということですので、選んだ本は、ヘレーン・ハンフ作　江藤淳　訳　「チャリングクロス街84番地」です。

私が持っているのは、1980年に講談社から発行された単行本です。

本を愛する人のための本、という副題がついています。

ニューヨークに住む売れない作家で、古典が好きなヘレーン・ハンフさんが、ニューヨークでは手に入らない、綺麗で比較的安価な古書を求めて、ロンドン、チャリングクロス街84番地のマークス古書店に手紙を出します。

希望する古典がないか、いくつかの本の題名などを書いた手紙です。

これに対して、マークス古書店の支配人、フランク・ドエルさんが、返事を書きます。

こうして、約20年にわたることになる、文通が始まりました。

ヘレーンさんは、機知に富んだ面白い手紙を書きます。

フランクさんは、英国の執事風とでもいいますか、キチンとした、崩れない態度で応対します。

いつか、フランクさんは、ヘレーンさんの手紙を待ちわびるようになりました。

この文通は、マークス古書店のスタッフやその家族、ヘレーンさんの友人、知人などを巻き込んで、温かい交流が、長く続くことになりました。

なぜ、そのようなことになったか、といいますと……。

文通が始まったのは、1949年、第二次大戦が終わったばかりです。イギリスは、大戦中、何度も空襲を経験しましたし、戦中、戦後は、物資不足で、辛い思いをしたようです。

このことを知ったヘレーンさんは、アメリカでは、比較的安く手に入る肉や卵などの食料品、また生活必需品のストッキングなどを、マークス古書店に送り始めました。

ヘレーンさんは、けして裕福ではなく、筆一本で稼いで生活しています。

そのヘレーンさんが、身を削るようにして稼いだお金の一部で、このようなことをしてくれるのを知って、マークス古書店のスタッフや、その家族は、ヘレーンさんに好意を持たざるを得ませんでした。

ヘレーンさんは、一生懸命にお金を貯めて、憧れのロンドンに行きたいと思っています。

マークス古書店のスタッフたちも、その時には、宿を提供したり、温かく迎えるつもりで、ヘレーンさんを励まします。

けれども、やっとお金が貯まると、アパートの建て替えで、引っ越さなければならなくなったり、高額の歯の治療をしなければならなくなったり……。

そして、20年目に、フランクさんが急病で亡くなり、この文通は終わりました。

ヘレーンさんは、フランクさんの遺族の了解を得た上で、この往復書簡集を出版します。

すると、本は、たちまち、ベストセラーになりました。

こうして、ヘレーンさんは、念願のイギリスを訪ね、まだ見ぬ、なつかしい人々と会って、交流することができました。

＊チャリングクロス街は、日本でいうと、神田の神保町のような古書店街です。昔は、古書店が、ずらっと並んでいたようですが、今は、古書店の数は、減ってきているようです。

このお話は、お芝居や映画になったそうです。

映画は、日本では公開されなかったようですが、ヘレーンさんを、アン・バンクロフト、フランクさんを、アンソニー・パーキンスが演じたそうです。

55　テディベアとの日々

ベア君は、昨年、我が家にやってきたテディ・ベアです。

○ベア君のお話

ベア君は、表情がとても豊かです。
光の当たる角度によって、いろいろ違う表情を見せてくれます。
悲しそうだったり、不安そうだったり、きょとんとしてたり、時には、
とても平和な顔をしてたり……。

こんなベア君のお目目をじっと見ながらお話していると、ベア君がぬいぐるみのお人形さんとは、とても思えなくなります。

命があるとしか……。

そこで、ある日、ベア君にいいました。

「ベア君は、どこで生まれて、どういう経路で、おばちゃまのところへ来たの？

それに、今は、毎日、どんなことを考えているの？

ベア君のお話、聞きたいなあ。

いつか聞かせてね、その日を待ってるからね。」

○ベア君との（一方的な）会話

ひとりでお留守番していることの多いベア君は、よく、悲しい顔をしています。

こんな時、おばちゃまは話しかけます。

「ベア君は、世の中に一人ぼっちだと思っているでしょ。でも、おばちゃまは、ベア君が可愛いと思う、大好きよ。

ひとりでも、可愛いと思ってくれる人がいたら、幸せよ。

それに、いろんなところに連れて行ってあげた時、いろんな人が眼を細めて、ベア君のことを可愛いといってくれたでしょう。ベア君は一人じゃないのよ。また、いろんなところに連れて行ってあげるからね。」

ベア君は納得したのでしょうか?黙っておばちゃまを見つめています。

○ベア君と一緒

ベア君とは、相変わらず、ラブラブムードで暮らしています。

可愛いベア君!

先日から、いろいろなところへ行って、ベア君とのエピソードをお話ししますと、皆さん喜ばれます。

幸せそうに笑われます。

そこで、考えたのですが……。

私は、グループホームやデイサービスの施設などに、朗読ボランティアで出かけますが、そこにベア君を連れて行って、日頃のベア君とのエピソードを話したらどうか、と思うのです。

お年寄りたちは喜ばれるでしょう。

でも、きっとお年寄りの方たちは、ベア君にさわりたくなるでしょうね。

ぬいぐるみのベア君にさわると癒されますからね。

ベア君は、小さくて繊細なクマさんですし、私の恋人であり、子供のような存在です。

華奢なベア君が壊れちゃったりしたら、困りますし、汚れてもお洗濯できないので……。

そこで、もう一つ、クマ君を探してみようと思います。

もう少したくましくて頑丈な……。
お洗濯もできるクマ君を。
ベア君は、私一人のクマさんです。
みんなのクマさんを探してみようと思います。

○ベア君は上等
テディベアのベア君が我が家に来てから、半年くらい経ちます。

蜜月のころは、まっすぐベア君の目を見て、お話しをすると、たしかに聴いててくれると分かりました。
今にも返事をしそうでした。

それに、いろいろな表情をするんです。
泣きそうだったり、きょとんとしてたり、好きなお相撲を観てるときは、眉をしかめて、じっと見入ってます。

また、抱っこして上から見ると、ほんとにあどけなくて、まるで赤ちゃんみたい……。

こんなベア君を見てると、ただのお人形だなんて、とても思えません。

ベア君をこしらえた人は、よほどの名人なんじゃないか、と思います。

森鴎外は、娘の茉莉さんを溺愛して、茉莉さんを膝に乗せながら、「お茉莉は上等、お茉莉は上等」と唱えていたそうです。

私も、いいたくなります。

「ベア君は上等、ベア君は上等」って……。

○テディベアたちとの暮らし

テディベアのベア君が我が家にやって来てから、私の暮らしは変わりました。

最初の内は、ベア君が可愛くてたまりませんでした。

毛並みに光が当たることによって、赤ちゃんに見えたり、イケメンに見えたり、時には、おじさんに見えたりします。

私のお話を、じっと聞いてくれて、今にもお返事をしそうです。

私にとっては、魔法のベア君でした。


ベア君を、朗読ボランティアに連れて行くと、みんなにさわられてしまうのでは……?

と思い、ボランティア用にもう一体、クマちゃんを購入しました。

それが、メロディちゃんです。


コロナのため、ボランティアには、なかなか行けそうもありませんし、大勢の人にさわられるのは、今、とくに問題です。

メロディちゃんは、おうちの子になりました。

ベア君の妹です。

いつも、二人と一緒にいたいのですが、私の生活は、一階と二階に分かれています。

夜眠る時や、パソコンを使う時、それに読書などは二階で、食事や入浴などは、一階でします。

その都度、二人を連れ歩くのも面倒ですので、朝ドラや新聞を読み終えるまでは、一階で、二人と一緒に過ごし、それから二階に上がる時は、二人をＴＶに委ねます。

いつも、二人は、一生懸命にＴＶを観ています。

妹のメロディちゃんの方が、体が少し大きいので、メロディちゃんは、いつも、ベア君の肩を抱き、二人並んでＴＶを観てます。

二人の後姿は、なんとも可愛らしいです。

小さな子に、あまり見せたくないような番組もあるかもしれませんし、ＴＶをつけっぱなしでは、電気代が心配ではありますが、二人はほんとに熱心に観てますので、おばちゃまとしては、まあ満足してます。

夜、食事や入浴を終え、二階に上がるときは、二人を抱えて行きます。ベア君も、メロディちゃんも、ベッドの枕元に座って、おばちゃまを見ています。

二人と、しばらくお話をします。

そして、いよいよ眠る時には、メロディちゃんを抱っこします。私の心臓の上に、メロディちゃんの胸が来て、なんだかとても、気持ちが安らぐんです。

二人とも、おやすみなさい、また明日もよろしくね。

佐藤啓子（さとうけいこ）

経歴

白百合女子大学国文学科卒業後、図書館勤務・OL 経験を経て、講談の田辺一鶴（たなべ・いっかく）師匠の事務所に勤務。その後独立。

資格

中学・高校国語科教師
図書館司書・司書教諭

〒184-0011
東京都小金井市東町 1 - 3 -25
http://www2.ttcn.ne.jp/keiko.roudoku/

keikoのスクラップ・ブック

2020年11月 6 日　初版発行

著　者　佐藤啓子
発行所　学術研究出版
〒670-0933　兵庫県姫路市平野町62
TEL.079(222)5372　FAX.079(244)1482
https://arpub.jp
印刷所　小野高速印刷株式会社

ISBN978-4-910415-08-6